U0031367

沒有神也沒有佛

佐野洋子的老後宣言

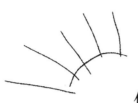

神も仏もありませぬ

佐野洋子 著

陳系美 譯

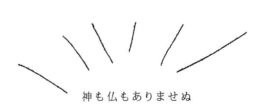

目錄

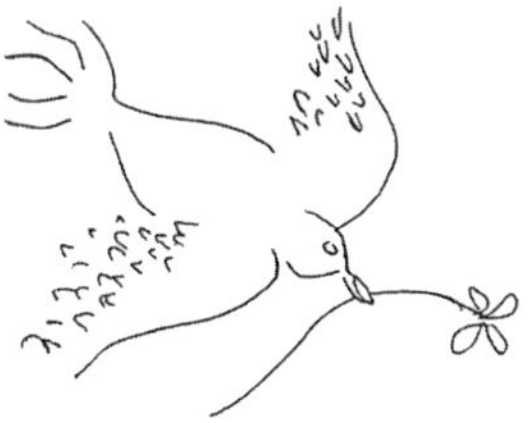

1。這是騙子嗎

八十八歲的失智老人問：「不好意思，恕我失禮，請問您幾歲？」即使失智也會說「恕我失禮」真是令人佩服，我回答：「六十三喔。」心想回答了也沒用之際，失智老人又問：「不好意思，恕我失禮，請問您幾歲？」「六十三唷。」「啊～六十三，這樣啊。不好意思，恕我失禮，妳幾歲？」一直說「六十三」、「六十三」說得我都累了，不由得兇了起來：「媽，我六十三歲啦！」一直重複同樣的事讓我心煩氣躁，卻也逐漸驚愕於自己竟然六十三歲了。

不會吧！我六十三歲了？明明理所當然，毋庸置疑，我卻覺得，咦？

不會吧？這是騙人的吧？滿心不可思議。「媽，妳幾歲呢？」「我？呃，我啊，這個嘛，大概四歲。」昨天的假牙如神隱般消失了。拿掉上排假牙的人，容貌都變得怪異。上唇陷入下唇裡，頑強的皺紋以嘴巴的凹陷處為中心成放射線散放。像屁股的洞。

這回竟然四歲！

之前她答過四十二歲，雖然當時我受到打擊，但也哈哈大笑，壞心眼地說：「四十二啊，這樣我比媽媽老耶。」那時她偶爾還叫得出我的名字，有時還知道我小時候的事。那時母親的記憶已明顯混亂。從那時起，我便放棄向母親確認她的年齡。在她的心裡，我像是哪裡的「太太」或是「別家的人」，或是不曉得哪來一直待在那裡的的孩子。這回居然四歲，但我笑不出來。看著嘴邊滿是皺紋的四歲之人，我沉吟，原來已經退化到四歲了。

昨天下了一場大雪。佐藤來幫我鏟雪。我和佐藤是中學就認識的老朋友，他今年應該六十四歲了，戴著有雪結晶圖案的毛線帽，深色墨鏡，穿著綠色連帽外套，有很多口袋的長褲，以及一雙去年沒穿來的帥氣長靴。一身裝束幾乎跟我兒子一樣。

佐藤以熟練的姿勢，發出「唰咯唰咯」的俐落聲音開始鏟雪。我看著他，腦海突然響起小學唱的歌：「村裡擺渡的船伕，是今年六十歲的老爺爺。即使年紀大了，划船的時候，依然活力充沛搖著槳，嘿咻嘿咻，划啊划，划啊划。」

小學唱這首歌的時候，六十歲的船伕已經是老頭子，差不多快死翹翹了，卻依然勤奮工作，所以我認為這是一首要佩服的歌。如今六十四歲的佐藤，穿著綠色連帽外套，戴著墨鏡，開著車哪裡都能去。佐藤會覺得自己六十四歲很不真實嗎？

上週，我和佐藤夫妻以「銀髮族優待」去看了電影《哈利波特》，大家都看得很開心。「太棒了，省了八百圓。」「好開心哦。」「以後可以常來看電影，哈哈哈。」但其實我心裡很不爽。因為當我大聲說「我是銀髮族」，賣票的女生看了我一眼便立刻遞出票來。我多麼希望她能以狐疑的眼光看我：「妳謊報年齡吧？」

我大吃一驚。原來看在別人眼裡，我也是銀髮族了。不知不覺六十三歲了。不知道。我真的不知道啊。

開始嘩喀嘩喀賣力鏟雪的佐藤，你知道你六十四歲，有沒有驚得發慌？如果找村裡六十歲的船伕去看《哈利波特》，他大概會不爽地說：「別傻了，我才不去呢。」

小時候，我很喜歡捏奶奶的手背。往奶奶的手背一捏，就會出現用皮做的小小富士山。奶奶的手背幾乎只有皮，而且延展力十足，那時我好羨慕她的手背能做出富士山。我的手背圓圓肉肉，不管怎麼捏，皮和肉都黏在一起。ＱＱ軟軟都捏不起來。我一直捏我的手背，捏到發紅了才死心。

如今，我常常捏我的手背。哦，會延伸耶，會延伸耶。富士山輕易就聳立在我的手背上。皺紋也能朝著山頂延伸。只有薄薄一層皮的富士山。

小時候，我認為奶奶出生就是奶奶了，所以想都沒想過奶奶也曾有QQ軟軟小手的孩提時代。小時候的我，不會去想奶奶是八十歲還是六十歲，因為八十歲和六十歲同樣都是老太婆。現在的幼稚園小孩大概也是這麼看我吧。

以前我養了一隻貓，很漂亮的貓，年紀越來越大以後，有一天我突然發現牠變成四角臉。因為長了毛，所以看不太出來，但臉頰的肉明顯下垂。我頓時感慨萬千，這隻貓和我母親的臉是同樣的構造。因為母親的圓臉也變成了四角臉。那是二十年前左右。

我特地打電話給妹妹：「我跟妳說喔，我家咪喵的臉，變得跟媽一樣喔，臉頰下垂變成四角臉。不過貓有毛真是賺到了，可以用毛遮住鬆弛的臉。」啊哈哈哈。二十年前的我大笑。我從以前就盡量不照鏡子，一直這樣活了下來。今天我攬鏡一照，內心不斷湧出：「咦？不會吧！」

二十年前的咪喵和母親一樣。而我也變成四角臉了。臉頰的肉往脖子那裡垂下去。以前我不想確認我長得有多醜，所以不照鏡子。現在想確認原型被破壞的情況，猛盯著鏡子瞧。啊！只是醜算什麼呢？不、不、不知不覺中……不，其實我知道，竟、竟然、變得又醜又老了！

其實多年來，我一直在確認自己的老化。不僅外貌，連內在也像把垃圾往皮囊丟，隨著歲月膨脹起來。生物的宿命是自然的法則，宇宙就是這樣形成的。人會老，沒什麼好大驚小怪。那個人也老了呀，我也老了呀，心裡清楚得很。可是一照鏡子就嚇得半死：「不會吧！這……這是我？這不是真的！」簡直像遇到了騙子。

但我也不會因此就去填矽膠或拉皮，只是每次照鏡子都會覺得「不會吧！」又老又醜究竟有什麼價值呢？

然而崩壞是擋不住的，只會加速前進。後來會慢慢習慣嗎？會變得泰然自若嗎？會變得自暴自棄吧？

到了六十三歲，記性越來越差，物品的名稱和人的名字都無法立刻想起來。「那個，那個……」「那個人，那個人……」一天說上五十次。記憶力的肌肉也鬆弛了。專注力低下，無法持續工作。精神力的肌肉也下垂了。這時我不會想：「咦？不會吧！不會吧！我不知道喔。」而是心情奇妙地平靜下來，沒辦法呀，年紀大了嘛。

「人真的很耐用啊，沒有機器能連續運作六十年。每天都在用喔。即使在睡覺，內臟也分秒不休在工作。要是經常保養，可以用上一百年呢。沒有車子能跑一百年吧。」有時也會像這樣非常積極而正面。能力的衰退或許能和悲哀一起接受，可是，對於連孩子都認不出來的失智，這種恐懼深深棲息在我內臟的陰暗角落。

（請注意，這絕非縝密精確的調查）大致回顧我六十三年的人生，覺得短暫有如轉瞬，卻也漫長到覺得受夠了，饒了我吧。這兩種思緒並存，分不清是太短或太長。我每天都覺得活到今天就夠了，每天都覺得今天死剛剛好。

除了照鏡子時出現「不會吧！這是我？」這種驚愕的瞬間。獨處時，我會想自己究竟打算活到幾歲？看著白雲在藍天飄流，我覺得我和小時候的我，活在同一個世界。不管六十歲或四歲，「我」只是看著天空。而蜘蛛網忽然黏在臉上的驚愕，無論七歲或四十歲或是現在也一樣，我依然驚愕不已。

在人群雜沓的都市十字路口，心煩氣躁地大罵：「可惡的傢伙！」不管三十歲或五十歲都一樣，都不是別人。十多歲時，我認為人過了四十就是大人，能瞭解世上的一切，碰到任何困難都能正確應對。

然而如今想想，十多歲的我根本沒想過自己以外的事。除了一起生活的同時代的人，我壓根兒沒認真想要瞭解別人，更遑論運用我的想像力。但自己到了四、五十歲以後，對於自己年輕時的單純、愚蠢、膚淺感到非常羞恥。到了這把年紀，對阿姨們的喜悅、痛苦、哀愁也有了共鳴。而人生或許四十才開始，上了年紀甚至有種喜悅。可是後來發現不管到了四十或五十，人絕對不可能「不惑」，我大吃一驚。這不就跟九歲一樣嗎？

人究竟要到幾歲才能成為大人？混亂迷惑只比九歲的時候更複雜，更深不見底。人根本無法變得聰明伶俐。而我也隱隱約約開始察覺到，聰明伶俐的傢伙是天生就聰明伶俐。笨蛋是天生就笨蛋，年歲增長也治不好笨蛋病。笨蛋只會重複聰明傢伙沒經歷過的蠢事，一直笨下去。然而我認為，活得愚蠢或許比較有趣。

而如今，我六十三歲了，是個無用的老人。失智的八十八歲老人，無疑是傑出的老人。成為傑出的老人時，已然超越年齡，能夠宣示自己「大概四歲」。我認為這是對的。我心裡的四歲並沒有死。看到下雪就很高興，無關我是四歲、九歲或六十三歲。

人們說，一旦失智，當事者其實很輕鬆。這是謊言。認為自己是四歲的八十八歲失智老人，等同無依無靠的孤兒。不記得年紀，認不出孩子，不知道季節，正因不知道所以呆愣茫然，對於實際存在的人事物感到不安恐懼。

我接收到的訊息只有不安與恐懼。為了舒緩這份不安與恐懼，母親二十四小時都像個討抱的嬰孩，因為除了一直被人抱著，沒有其他辦法能舒緩這份不安與恐懼吧。自己的寶寶，我可以連續抱二十四小時，但八十八歲的母親，叫我連續抱二十四小時，我辦不到。

然而不久之後，我也會變成這樣吧。六十三歲就覺得碰到騙子也太大驚小怪，太天真了。

2。難得的畫面

風和日麗的大晴天。雖然地面還有殘雪，但春天的氣息像翻開冬天大衣一看，沒有內裏般地來了。

往周遭的樹木一看，枝頭已長出小而堅硬的花芽，端著架子朝向天空豎立。

雖然整排樹還是枯木模樣，宛如瘦巴巴的老太婆，裸著身子排隊在等洗澡，可是樹實在很偉大。儘管嚴冬時是老太婆老頭子，但春天的腳步一近，便將雪下面的水吸起來，儲蓄以備滋養新生命。大自然真偉大，不強詞奪理，也不喧囂吵鬧，只是靜靜孕育生命。

人就無法這樣了。叫一個秋天瘦得皮包骨的老太婆，到了春天長出猶如初生嬰兒般的水嫩肌膚，是不可能的。只能好不容易熬過一個冬天，變成一個更堅毅的老太婆而已。

玄關旁的夏椿[1]長了一毫米的花芽，我摘下一看，儘管表層是枯木色，裡面已是層層紮實的嫩綠。

聞了一下，有點青澀味。我也有過青澀時期吧。我不可能變成嫩芽，但內心卻雀躍不已，不禁說了一聲謝謝。究竟在感謝什麼？我也不知道，就只是覺得很感謝。人也很像蟲吧，春天一來，就想從家裡蠕動出去。蟲子從地下出來的時候，高興嗎？

我把車子開出來，行駛在兩旁積雪的道路上，突然宛如來到白日夢的正中央，時間與空間都化為烏有。看到前方有個穿長褲的下半身，只有下半身匆忙地走在馬路中間。我嚇得渾身汗毛直豎。有那種只有下半身的鬼魂嗎？我嚇得都忘了踩煞車，經過那個下半身旁邊，我才發現是個老太婆。她上半身下彎了超過九十度，在匆忙走路。從後面只看得到下半身。這個上半身彎了超過九十度的老太婆，也是受到春天氣息吸引，像蟲子一樣，像我一樣，爬了出來嗎？

去荒井家途中，看到積雪的莊嚴群山。這副景象我已經看了好幾年，

1・又稱沙羅花，或是夏山茶。

今天卻像第一次看到般的新鮮。天空一片湛藍。已經看了好幾年，我卻不知道山的名字，問荒井太太：「那是什麼山？」「那是白根山，那是草津。」哦，這樣啊，白根山和草津我都去過好幾次了。我很佩服自己去過那麼高的地方，但不是用雙腳努力爬上去的，是車子載我去的。所以我也覺得有點狡猾。

「我剛嫁過來的時候，問我老公那座山叫什麼名字，我老公說『不知道』。那時我心想，都住了幾十年居然不知道，我到底嫁給了什麼人呀。結果不是這樣，我老公是在說『白根』[2]。」荒井太太說完，兩人都笑了。那時荒井先生剛娶妻有點害羞，不知如何是好，所以說得有點衝。我猜年輕時的荒井先生，回答的時候八成不是看著山，而是直直看著前方吧。

無論夏天或秋天來到荒井家，就算荒井先生不在，荒井太太也絕對不會不在家。荒井先生要出門參加很多聚會或出貨，也要外出買種子或工具，夏天傍晚會去釣魚，秋天會去山裡採菇，所以有時不在家，但荒井太太絕對不會不在家，她總是在忙東忙西。不像我常賴在床上看影視八卦節目，一邊吃花生。

荒井家的玄關旁掛了個黑板，像宮澤賢治一樣用白粉筆寫著「在溫室裡」或「在前面的田裡」。荒井先生曾默背宮澤賢治的〈不要輸給風雨〉給我聽：「不要輸給風，不要輸給雨……」一口氣默背到最後，一個字都

2・不知道和白根的發音同為SHIRANE。

沒錯。而且他非常博學：「以前詩裡說『一日吃四合糙米』，可是最近改成三合了。有人認為吃四合太多了。不過，那時候農民的副食品不像現在這麼多，所以我覺得不要改比較好。」[3]此外，他也曾默背与謝野晶子的〈請你不要死〉[4]給我聽，這是一首很長的詩，我真的嚇了一大跳。

太太總是靜靜待在旁邊，或是倒茶，或是端醬菜出來，其他時間都默默坐著。我覺得她打從心底尊敬荒井先生。

我認為當妻子就該像她那樣。換作是我，一定會說些有的沒的，例如「當局為什麼沒有把晶子抓去關？」或是「明治的女人，比現在的女性主義者更拚更大膽喔」。甚至會說出這種引發吵架的話：「家事要公平！」

有一次在田裡，荒井太太把瓦楞紙墊在屁股下面，一邊挪著屁股一邊摘玉米。我問她為什麼要這麼做？她說：「因為我膝蓋痛。」我嚇了一跳：「這要去看醫生啦。」她笑笑說：「嗯，摘完玉米就去看。」我聽了很火大，因為我是哪裡痛就立刻開開心心去看醫生，但其實或許我錯了，我不該動不動就去看醫生，我沒有讓自己活出極限。

前年秋天，荒井先生因肺炎住院，我去幫忙割了好幾天小米，那是我第一次和荒井太太聊那麼多。

3•宮澤賢治〈不要輸給風雨〉詩裡提到的「四合糙米」，據說有些評論認為戰時糧食短缺，四合太多，因此曾改為「三合」，載於教科書。

4•与謝野晶子（一八七八～一九四二），活躍於明治至昭和時期的詩人。〈請你不要死〉是寫給日俄戰爭時在戰場的弟弟。

「以前養牛的時候最辛苦。那時候沒有擠乳器，必須用手擠，真是累死人了。牛有分很容易出奶的，跟很難出奶的。擠很難出奶的牛時，擠到我肩膀僵硬都變石頭了，真的很要命。可是擠牛奶這種事，一天都不能休息，因為牛的乳房會漲起來。冬天的時候，田會結凍，所以冬天不用下田很輕鬆，可是牛在冬天依然每天要擠牛奶，就算下雨天也要擠。啊～光是想起來就覺得很煩。啊～光是想起來就覺得很煩。」荒井太太說。

那時候，他們的三個小孩一定也剛好在發育期。「現在，真的很輕鬆啊。」荒井太太這麼說。但我覺得她的生活一點都不輕鬆。我這輩子一直過得很懶散，不管刮風下雨，我都悠悠哉哉窩在家裡，也不會做比拿筆更重的事。這個世界少了我，也不會有任何困擾，縱使諾亞的洪水來了，神明一定也會在高處說：「不需要『繪本作家』，把她推去海裡吧！讓『荒井家的務農夫妻』坐上特別席！」無論再蠢的神明，也毋庸置疑會首先如此宣佈。錯不了的。

我割小米的時候，看著一望無際的小米稻穗波浪：「前面這一大片都是小米嗎？」荒井太太雲淡風輕地說：「啊哈哈，很長吧。」

聽說去年颱風時，花豆在半夜全倒了，全滅。荒井先生在大半夜冒著暴風雨，去田裡巡了好幾次，最後淋得一身落湯雞回來，只說了一句話：「沒救了。」然後就去睡了。四十年來，每天都只能默默遵從陰晴不定的天候，可能會痛恨大自然吧。

我問荒井太太：「妳嫁來農家，覺得很好嗎？」「我一天都沒這樣想過。」「那，嫁給做生意的呢？」「啊，我不要。我討厭唯唯諾諾、哈腰作揖，而且我又不善言辭。」「那，上班族呢？」「領薪水的，我會很擔心耶。萬一出個什麼事就什麼都沒了。」「那，下輩子投胎轉世要嫁給哪一種人？」「我誰都不嫁。」說得斬釘截鐵。

時而，我會在田邊鋪瓦楞紙，坐在上面休息。秋空一片湛藍，前方的淺間山清晰可見，覺得在戶外工作心情真好。因為我很少在戶外工作，然而這片風景，荒井太太想必看膩了吧。

「前些時候啊，我回前橋的娘家也是亂七八糟，隔壁的電視聲也聽得很清楚，真的很受不了。一回到這裡，真的很開心。最近我深深感受到，嫁來這裡真好，大自然真的很棒。大自然才是最棒的。只要有這片大自然就好，我就心滿意足了。山巒到了春天，有春山的景致，秋山也很漂亮吧。真的很漂亮。真的真的，我每天看到山都這麼想。」

我原本以為，她每天看到大自然，說不定已經不稀罕也不覺有趣了，但事實截然不同。雖然一晚就把田毀了的大自然很可恨，但能超越它的大自然也很厲害。

荒井太太看著淺間山說：「人家都說我是住在山的那邊、天空遼闊的幸福人兒喔。」或若有所思望著淺間山說：「經過落葉松林，我會感慨萬千凝望落葉林。」當她說出這些話，我確認她不會沉浸在感傷裡。無論大自然操弄任何語言都追不上她，因為大自然就是荒井太太本身，就如光的粒子住在她體內，從指尖到骨髓。我雖然為覆雪的淺間山傾倒，但我終究是外來的人，淺間山是屬於荒井太太的。天空也是荒井太太的。即便風雪都是荒井太太的。而這一片大自然是荒井先生的。前年，我在小米田裡如此尋思。

荒井太太告訴我白根山後，又摘了一堆地上的薺菜給我。雪地裡的薺菜已經長得綠意盎然，拿來汆燙涼拌很好吃。在沒有其他綠色植物之際，薺菜就像調皮的小男孩到處亂玩。荒井先生在客廳看電視，忽然說：

「今天天氣很好，我要去山上整理樹木。最近已經沒有人會去維護山林了，因為外國進口的木材很便宜，國內也不砍樹了，木材加工廠都倒閉了呢。山放著不管的話，整個日本會荒蕪哪。河川和大海也會荒蕪。萬一出了什麼事，沒有木材加工廠根本無能為力。聽說從人工衛星，肉眼只能看得見中國的萬里長城。」原本以為他突然改變話題，結果沒變。「萬里長城是用磚瓦蓋起來的。為了燒製那些磚瓦，把樹都砍了，中國人說放了一百年又會長回來，所以根本沒有在種樹。結果過了兩千五百年，樹依然沒長出來哪。」然後荒井太太沏茶給我喝，荒井先生就出門到山裡去了。

等到春天真正來了，我又去荒井家。這時山巒帶著偏灰的粉紅色，整座山顯得很蓬鬆，像是在憋笑的樣子。院子裡，兩個空的黃色啤酒箱擺在一起，荒井夫妻面對面蹲在啤酒箱的兩側，不曉得在做什麼。遠遠望去，像是小男孩和小女孩在玩扮家家酒。感情好到讓人覺得幹嘛黏得這麼近。

走近一看，他們用小鑷子夾起高麗菜種子，排在塑膠製的黑色小缽裡。雖然我看不懂在做什麼，但看到荒井夫婦面對面的溫馨模樣，覺得看到了令人感動的難得畫面。

3。不是今天也無妨

昨天的午飯，我在佐藤家吃的。我把前天晚上做太多的豆皮壽司和煮太多的滷菜，以及煮太多的湯，全部倒進鍋子裡，放在車上，載去佐藤家吃午餐。走了單程十八公里的山路。雖說十八公里，也只是在附近。

荒井家有葉子比成人的傘還大的蜂斗菜。煮一根蜂斗菜，鍋子就滿了。莖非常柔軟，像竹輪那麼粗，也跟竹輪一樣有洞，非常柔軟美味。去年夏天，荒井先生也送我們蜂斗菜，連個子很高的佐藤扛起來都像克魯波克魯的小矮人[5]（雖然我沒看過就是），個子嬌小的麻里像非常可愛的妖精。三個人笑得東倒西歪，各扛了一根蜂斗菜回來。

前些時候，佐藤跟我說：「那個巨大蜂斗菜花有這麼大吧！」用手比出排球般的大小，那時我對蜂斗菜沒興趣，可是佐藤很熱衷又堅持地說：「妳去看看啦！」於是我昨天去看荒井家後面的巨大蜂斗菜，雖然枯葉中冒出很多蜂斗菜花，但也只比一般大了一點點，並沒有排球那麼大。

荒井家送了我四個，我今天拿給佐藤看：「這就是那個蜂斗菜花喔。」佐藤非常失望地說：「什麼嘛。」他非常執著於巨大蜂斗菜，於是又說：「能不能跟他們要啊？我也想種種看。」我便自信滿滿掛保證：「我去要來給你。」

在吃豆皮壽司時，佐藤忽然說：「麻里子，我的葬禮能不能在家裡辦？」麻里說：「啊？我才不要呢。在家裡辦葬禮很麻煩耶。還得打掃整理，又沒有地方。」「打掃整理很簡單呀，這種時候隨便掃一下就好。」反正打掃的又不是他，他倒是說得很輕鬆。

「棺材就在放在那裡。來弔唁的人，讓他們從院子那裡進來，從這裡出去就好了呀。然後奠儀在這裡收。」死人佐藤說。麻里又頂回去：「嗄？我才不要呢！」佐藤和麻里看起來都不像快死的樣子。從體型來看，佐藤大概可以輕輕鬆鬆活到九十五歲以上，而麻里的父親九十歲還在打網球。壽命長短也跟遺傳因子有關。這裡面最早死翹翹的可能是我，而且死翹翹之前，遺傳因子會先送來老年痴呆吧。

5・愛奴語，意指「蜂斗菜下的人」，日本愛奴族傳說中的小矮人。

「我還是認為葬禮在家裡辦比較好。以前的人都在家裡辦哩。」反正當事人死了以後也不知道，於是我說：「好吧，好吧。佐藤的葬禮，我就在這裡隆重幫你辦。跟那個勤快的星田先生一起，絕對不會漏掉，一定幫你辦。」就像答應向荒井先生要蜂斗菜，我也輕易向他掛保證。

話說回來，佐藤為什麼認為自己會先死，還拜託老婆喪事要怎麼辦；而麻里又為何認為自己會晚死而說出「我才不要呢」。如果我或許會先死卻說出「好吧，交給我辦」也很奇怪，難道是因為「死的總是別人」嗎？可是活著的人絕對能確定的事，只有「會死」。這個世上有沒生下來的人，可是一旦生下來，沒有一個人不會死。

我也一直希望我的葬禮能在家裡辦。倘若無法在家裡辦，至少也希望能在寺廟辦。沒有宗教信仰的人最麻煩，不懂得俐落也不果斷，大家都只是忸忸怩怩地不覺得人會真的死掉了。葬禮會支配集體的心理，明明不認為自己會哭，卻也一定在手提包裡放一條全新的手帕，當和尚「叩」一聲，用粗木棒敲下大碗般的東西時，覺得自己好像在偷窺黑暗的陰間。一旦有人哭了，自己也被感染跟著哭。若哭不出來心裡會發慌，覺得自己冷酷無情。這就是葬禮，一種俗世的規定。

這一帶的葬禮通常在家裡辦。過年時，阿誠的父親死了。老人家的身體一直很差，阿誠問他：「老爸，今天情況如何？」老人家低吟：「苦勞啊，苦勞啊。」阿誠的老婆明美問：「老爸，你覺得怎麼樣？」老人家還是低吟：「苦勞啊，苦勞啊。」有一天，明美問：「覺得怎麼樣呀？老爸。」老人家說：「八郎的下一個。」一時不懂他在說什麼，後來才知道「八郎的下一個是九郎[6]。」

問他：「想不想喝點什麼？」他總說：「能讓胸口舒暢的東西。」所以阿誠總是給他喝汽水。喝了汽水後，他會說：「嗯，舒暢多了。」阿誠曾哈哈大笑跟我說：「我老爸喝的汽水，已經有兩卡車那麼多了。」我覺得老人家每天被家人問「今天情況如何？」會越來越消沉。

阿誠連洗澡都要陪他父親一起洗。「老爸，要不要洗澡了？不然我把你抱進浴缸就好，不會亂碰你。啊不然這樣好了，我幫你洗，可是我絕對不會洗你的雞雞，我發誓，絕對不會。」父子之間是這樣的嗎？我在東京，沒跟會把父親放進浴缸的兒子聊過天。到了晚上，阿誠也睡在父親旁邊。「老爸，已經過了兩小時了，要起來小便喔。真的過了兩小時了。」阿誠的工作繁重卻一副滿不在乎，使得我很擔心，可是他說：「我知道啦。其實重點不是小便，我是怕老爸寂寞。」

有一天老人家忽然說：「幫我擦身體。」阿誠心想，為什麼呢？真是怪了，但還是把他的身體擦得很乾淨。情況看來跟平常沒兩樣。過了一會兒，老人家說：「我想喝舒暢的東西。」阿誠便將汽水倒入吸嘴瓶給他喝，然後他就這樣死掉了。

6・苦勞與九郎的日文同為KUROU。

「自己知道要擦拭身體，臨終前的水也自己喝，就這樣壽終正寢，很厲害吧。」簡直像哪裡的民間故事。

葬禮上，阿誠發表了非常感人的致詞。阿誠曾是非常激進的左翼社運人士，聽說當他唸到「我一直都沒有發現，但其實我是看著父親的背影長大的」，自己都哭了。我沒能看到阿誠哭泣的模樣，覺得很虧。阿誠把該做的事都做完後，顯得神清氣爽。明美也很舒暢的樣子。

我記得小時候，我父親曾說：「日本的家族制度應該保留下來。」父親是農家的七男，在家裡受到的對待比牛馬都不如，可是他卻說該保留家族制度，實在不可思議。當時我年紀小也沒有想太多，只覺得嫁給農家的長男，八成是人間地獄吧。

把父母像人球一樣推來推去，要不就硬塞給單身的姊妹，唯獨財產說要平分，還一副理所當然，未免太不合理了。核心家庭產生核子分裂，而分裂的核子無法回歸家族。

前幾天有個大型葬禮。花圈溢滿到縣道上，出動了十幾個警衛人員疏導交通，像小學校園般的廣場停了幾百台車。我是個外人也不知道誰死了，只覺得這個小鎮居然有場面如此浩大的葬禮，真的很驚人。

阿誠具名的花圈也有三個。葬禮結束後，阿誠和明美來我家坐。死者算是阿誠的遠房親戚，已年過九十。那個家族經營龐大的建設事業，據說死掉的老爺爺是創辦人。全家感情和睦到令人嘖嘖稱奇，在這一帶也是相當罕見的家族。過世的老爺爺受到全家敬仰的程度也非比尋常。

阿誠沒精打采地說：「我感觸萬千啊，死掉的是已經九十歲的老爺爺喔，整個家族幾十個人，圍在老爺爺旁邊哇哇大哭喔。」壞心眼的我說：「那是假哭吧？或是在演戲吧？」明美斬釘截鐵地說：「絕對不是假的啦。看就知道了。那是真的打從心底很難過。」

我的朋友裡，有人在婆婆的葬禮上比出「V」的手勢；我也看過有個男人脖子上掛著父親的骨灰盒，小跳步行走。這也表示老人家生前給家人帶來多麼沉重的壓力。因此我很害怕，對我的家人而言，我將來會不會也只變成他們的壓力。不，說不定已經是了。

核心家庭是無法支撐老人的。

因為九十幾了，連曾孫都有了，整個家族有幾十個人。看到大夥兒哀傷守在棺材邊，阿誠垂頭喪氣地說：「我覺得我是個冷漠的兒子。我沒辦法像他們那樣悲痛欲絕啊。」明美說：「老公，那家人比較特別啦。要去火葬場的時候，有個兒子還跳出來擋在靈車前，說老爺爺生前很喜歡這個村子，拜託他們載老爺爺在村子裡繞一圈，結果就一直在村子裡繞啊繞的。他們是大家都自然擁有這種感情的家族。可是要怎麼樣，才能全家都這麼想呢？我會不會也很冷酷無情呢？為什麼他們全家都能這麼想呢？」

連願意幫老爸洗雞雞的兒子都垂頭喪氣。

「可是年過九十的當事人，可能覺得活夠了吧。」「不過那家人都希望老爺爺繼續活下去喔。哪像我，我爸過世的時候，我只覺得他辛苦了一輩子，了不起了不起，鬆了一口氣呢。」這是當然的吧。我可是把我媽扔在養老院。我覺得我拋棄了她。

我想起朋友的九十七歲母親對我說過：「洋子，我已經活夠了，什麼時候死都無所謂。可是，不是今天也無妨。」

話說回來，在家裡舉行葬禮還是很麻煩。一定很麻煩。那個美麗的家族，奇蹟似地保存了理應滅絕的家族制度。長男繼承了創辦人的事業，兄弟齊心協助，配偶也和丈夫的親族和睦相處，大家共同創造了奇蹟。

聽說尼泊爾是鳥葬或風葬，所以沒有墳墓。因為沒有墳墓，所以也沒有墳墓這個詞。每個國家對於「死亡」的風俗習慣各有不同，也會隨著時代逐漸改變吧。

我不知道我何時會死，但現在活著。只要還活著，就只能活下去。「活著」是什麼呢？對了，明天要去荒井家，請他們分一點蜂斗菜的根給我。然後擔心明年蜂斗菜會不會發芽。如果長出蜂斗菜花會很高興。什麼時候死都無所謂，但不是今天也無妨。我就抱著這種心態活下去吧，在這樣的日本。

4。看著彩虹死掉

聰太，擁有積架、賓士和豪華越野車。開了昨天剛入手，大約二十年前的積架來給我看。這時已經是老爺車了。他說要載我去兜風，我上車之後，那個會震動地面的低音也震到我的肚子，稍微跑了一下，引擎蓋就冒出雲霧般的白煙，只好停車。

之後，我不知道他如何維修那輛積架，但現在是可以跑得像美麗貴族的西洋老太婆。

他那輛賓士也很舊了。

車一開會發出很多聲音。我說：「我的國產車更安靜。」他說：「這是賓士特有的聲音啦。」我問：「一公升跑幾公里？」他一臉不爽地說：「不要問啦。」

坐上他的積架要去吃午飯時，電瓶沒電發不動。我很臭屁地說：「我的車，從來沒有引擎發不動這種事，半次都沒有喔。」最後只好騎腳踏車去吃蕎麥麵。

每當聽太說他有積架和賓士和豪華越野車，大多人會酸溜溜地說：「哇！好有錢哦。」我會在聽太不在時幫他解釋：「他一點都不有錢喔。」我也搞不懂為什麼要幫聽太解釋，但他真的不是有錢人。「他只是虛榮而已。」我這麼一說，就會被頂回來：「能夠虛榮也要有錢吧。」但我總覺得不太對。

兩、三年前，聽太弄了一個奇怪的家。他買了一棟鋼筋水泥的小公寓，把裡面的隔間打掉，打造成空曠的房子，直接穿鞋進去。

這棟公寓位於世田谷，裡面竟有燒木柴的暖爐。我問：「為什麼要在這種地方燒木柴？」他說：「這樣很帥啊。」暖爐的造型也很帥。我驚呼了一聲又問：「什麼時候燒呢？」他說：「有客人來的時候啊。」

他不僅把隔間打掉，連梁柱都拆了。有一次我帶建築師朋友去，建築師仰望天花板驚叫一聲，連忙走到別的地方去：「這樣很危險，天花板會掉下來喔。」聽太說：「果然。可是這裡如果立了柱子會很醜。」我問他：「難道你要為了耍帥賠上性命？」他回答：「對啊。」儘管如此，他還是望著天花板，忐忑不安。

他還在屋頂上蓋了一個屋頂花園，又去東急手創館買木板回來，用比差勁木工更差勁千萬倍的爛工夫，自己笨手笨腳蓋了一座涼亭，裡面還擺了桌子。

「這裡是要做什麼？」「喝啤酒啊。」「你真的在這裡喝啤酒？」「其實連一次都沒喝就得痛風了。」聽說啤酒對痛風不好。「你在屋頂蓋這種東西，天花板更容易掉下去喔。」「可是前些時候下過大雨，我在這裡看到雙彩虹。從那邊的天空橫跨到這邊天空，很壯觀的彩虹喔。」「你就看著彩虹死掉吧。」「這樣很帥啊。不過這裡會積水，滲到下面的天花板。」

建築師急忙墊起腳尖：「這樣真的很危險啊！」

兩隻黃金獵犬和一隻小得像老鼠的狗，在空曠的房子跑來跑去。有一張小狗會撞到的桌子，不曉得去哪裡找來的，活像以前西洋貧窮修道院修士的飯桌。我將菸灰缸拉過來一看，竟是古色古香的銀製菸灰缸，我不禁心想「居然做到這種地步？」菸灰缸散發出一種不知該說是「執著」還是「熱情」的東西，但不是黃金的。

唯獨富麗堂皇的黑皮沙發是家中最貴，也是唯一奢華的東西。那張沙發大到我躺上去以後，還可以讓黃金獵犬悠哉趴在旁邊。旁邊有個櫃子放著裝有聽太父親骨灰的銀色骨灰罈，骨灰罈前擺了一只裝了水的古老水晶杯。看來他是把這個櫃子當佛壇用。

聽太的家光線昏暗，偌大的房間只點了幾盞檯燈。我年紀大了希望能有明亮的光線，但去了幾次也習慣了。每天住在這裡的妻子和女兒大概也習慣了吧。

日前，百合子說他們家有一棟大正末期蓋的西洋樓房要拆掉，問我要不要去拿他們不要的東西，我就去了。進門一看，因為好幾年沒人住了，到處都是灰塵和蜘蛛網，我要了古色古香的矮桌與桐木衣櫃。那裡也有一座大理石壁爐，可是裡面放了佛壇。

往天花板一看，吊著一盞滿是灰塵的燈。這盞吊燈是玻璃和金屬製的，玻璃還雕了一些新藝術派風格的圖案。最近很少看到這種風格的吊燈。

「這盞吊燈要怎麼辦？」我這麼一問，百合子說：「這種東西沒人要吧。只好請拆屋業者連房子一起拆了。」我想起聰太的家，只有聰太的家適合這盞吊燈。「如果有人要這盞燈，妳願意給嗎？」我這麼一問，百合子笑說：「啊？有這種人嗎？」

我去找聽太，跟他說有這種吊燈，問他要不要去看看，他說：「要，我這就去。」我說：「可是拆那盞燈很麻煩喔。」他隨即拿來大型工具箱，放進越野車。「可是說不定你不喜歡喔。」「要先看才行，看了才知道。」就這樣興沖沖地發動越野車。我很佩服這個人的勤快。

到了那棟西洋樓房，聽太仰望天花板：「我要。」便拿出堅固的工具要開始拆燈。因為天花板很高，我勸他：「這樣太危險，請專門的人來拆吧。」他說：「這樣很花錢吧。」結果搞得雙手烏漆抹黑，連襯衫也黑了，終於把燈拆下來了。湊近一看，這盞燈的金屬發黑了，玻璃也髒兮兮的，玻璃燈罩裡的垃圾和被燒死的飛蛾與蜘蛛揪成一團。百合子說：「來喝杯茶吧。」聽太卻顯得心神不寧。

他火速將拆下的吊燈拿去放在越野車裡，又衝了回來。我見狀調侃：「你也拜託一下，別跑得像個逃走的小偷。」結果他說：「洋子，這盞吊燈在古董店，要二十萬喔。」語氣果然也很像小偷。

我在家門前和聽太道別是下午三點左右。六點電話響，聽太打來說：「快來看！」「咦？裝好了？」「總之妳來看就對了。」他都這麼說了，於是我找了住在聽太家附近的朋友，三個人一起去。

到了聽太家，大家不約而同驚呼：「哇！」吊燈夢幻般的光芒，照在餐桌上。玻璃和金屬都璀璨閃耀，柔美的光芒從玻璃圖案流瀉出來。我這才知道，原來燈光有上下等之分。我為百合子感到高興。這盞燈在這裡嶄新復甦，宛如再度踏上人生旅程的年輕美麗女子。這盞燈在這個家有了截然不同的身分，最高興的應該是百合子吧。

那時聰太之所以像小偷般心神不寧，可能是早就洞悉這個滿是灰塵的憔悴女人，其實是個天仙美女吧。

我們七個人，在這盞吊燈下共進晚餐。大夥兒時而往上看，一會兒說「適合這盞燈的家，全日本只有這裡」，一會兒又說「只因這盞燈，這個家的格調就不同了」。就如美麗的事物能平等地讓人感到幸福，大夥兒的心中也點燃了一盞燈，從每個人的臉上透亮出來。我們想常常在這盞燈下用餐。而聰太卻時不時瞄著另一張桌子的上方。

翌日上午，電話響起。「是我，聰太，那盞燈破掉了。」「啥？不會吧！」「真的破掉了。」昨天的成員一同來到聰太家，默默凝視著破掉的吊燈。

「怎麼破的？」「我想把吊燈移到那張桌子的上方，不小心手一滑摔破了。」「吊在這裡很好啊。」「不，我認為那裡最適合。破掉的時候，世界變成慢動作，玻璃悠悠緩緩地碎掉了。」

大夥兒又靜默無聲。聰太說：「……耍帥並不輕鬆啊。」

啊，再也看不到那盞吊燈了嗎？沒能讓百合子看到，就這樣消失了。

「可是那個垂在天花板的金屬燈頭還在，我想這個還可以用，所以今天到處奔波去找吊燈的玻璃燈罩。但那個金屬燈頭是以前的東西，尺寸很大，半徑剛好吻合的只有一個，我就買回來了，就是這個，這個要五萬塊喔。雖然也有兩萬塊的，可是我不喜歡。」「這個要五萬？看起來沒那個價值。你幾時去找燈的？」「破掉就立刻去了。」「你還真勤快啊。」「如果不能立刻耍帥，我不甘心。」

大夥兒又在同一張桌子吃晚餐。聽太喝了酒之後，自暴自棄地說：「我這一生是耍帥的一生喔。我已經耍帥到五十四歲了。一回神，連個年金也沒有。這間房子的貸款，還得繳到七十四歲呢。這下該怎辦才好？」

後來我去聽太家，發現他的賓士不見了。「賓士怎麼啦？」「我現在付不起兩萬塊的停車費，開到山上去放了。」「乾脆賣掉算了。」「我才不要。不過其實前陣子我想賣掉積架喔。後來跟一位義大利的有錢人工作，工作結束後我們聊起車子，他也有同款的積架，還有蘭吉雅和另外一輛車。我們相談甚歡，簡直像幾十年的老朋友。那時我下定決心，不賣了！我不想因為沒錢而賣掉積架。虛榮和硬撐是一樣的。我過著硬撐的人生啊。我開積架上街，停在路邊的時候，小孩圍過來大呼小叫『好帥哦！好帥哦！』看得我心情好爽。開在路上，其他進口車的車主也會望過來喔。那種快感實在棒透了。」

真是個老實的傢伙，像個小孩一樣。其實男人都是小孩。看到鈴木宗男[7]，我也覺得他長得一臉小孩樣還真敢啊。男人只要專心致志，都會變

7．日本前眾議院議員，曾涉及貪污事件，極具爭議的政治人物。

成小孩。世足盃的男人們，為了一顆小小的球，可以拚命地在球場跑來跑去。小孩專注的模樣總是令人感動。小時候打草地棒球時，男生也是這種表情。

小孩的熱情創造了這個世界。愛迪生和畢卡索也是一副小孩的表情，埋頭做自己的事吧。小市民也以小孩的熱情，循規蹈矩活著。

聽太以興沖沖的眼神拆下吊燈，也是一種小孩的勇敢吧。但是女人會變成小孩嗎？即使谷亮子[8]拚命以過肩摔拿下金牌，我也不認為她是小孩，這又是為什麼呢？可能女人和小孩是不同的生物吧。

8．日本女子柔道選手，曾獲奧運金牌。

5。以丹田發聲

我十八歲從鄉下來東京念補習班時，不知道要怎麼交朋友。東京的傢伙，好像都是一副滿不在乎的樣子。有化妝的女人，也有穿高跟鞋的女人。男人穿得髒兮兮的，一副旁若無人，但卻少了土味，貌似洞悉人世間的模樣。

畏畏縮縮的鄉下人反而很痛苦。鄉下人不用說自己是鄉下人，就是一副鄉下人的樣子。第一次，有個操著江戶腔，看似道地東京人的小個子男生問我：「妳是哪個鄉下來的？」我突然嚇傻了。

「清水。」我為了壯聲勢還扯了一個大謊：「你知道清水的次郎長[9]

嗎？那是我祖父喔。」原本想說變朋友以後再跟他說「騙你的」就好。

不料第二天去補習班，我的綽號已經變成「次郎長」。這下傷腦筋了，但為時已晚。也可能是我動不動就大聲和朋友說話，又O型腿，走路看起來大搖大擺的。

可是十八歲的女生被叫「次郎長」，我心裡很受傷。儘管很討厭這個綽號，但有人叫「次郎長」，我還是會回話。

有個看起來比我膽小的鄉下男生，還曾戰戰兢兢地叫我「清水同學」。從補習班到大學，幾乎是整批人馬移過去，所以我在大學也被叫「次郎長」。無論在高年級或低年級之間，我都成了「次郎長」。

我的青春時代，戀情少得可憐，如今我依舊認為是「次郎長」害的。

其實我幾乎不知道「次郎長」是何方神聖，只知道老家附近的梅蔭寺有「次郎長」的墓，可是我也沒去過。都過了四十幾年了，我依然沒去過。

然而過了四十幾年的今天，也已經沒人叫我「次郎長」了。若去參加大學同學會，可能會被叫「次郎長」吧，但我們班沒辦同學會，所以我幾乎忘了我曾經是「次郎長」。

前些時候，我在目白車站內看到一家ＣＤ店，擺著一疊用繩子綁起來的浪曲[10]《二代廣澤虎造・清水次郎長傳》，共有十四、五片ＣＤ。我

9・清水次郎長（一八二〇～一八九三），原名山本長五郎，出生於日本靜岡市清水區，是幕末至明治時期的知名俠客。

受到難以言喻的衝擊。對哦，以前好像有「浪曲」這種說唱藝術，好像也有廣澤虎造這號人物。

可是我完全沒聽過浪曲，對於浪曲一無所知。小時候曾住過只有四、五戶人家的小村子，全村只有我家有收音機。

忘了是星期幾，每週一次，到了晚上八點，住在後面的大叔就會來坐我家的簷廊聽收音機。大叔是來聽浪曲的。他總是頭低低的，靜靜坐在窄小的簷廊，幾十分鐘動也不動，專心聽收音機，結束後便靜靜回家。

我覺得浪曲的聲音陰森森的，像動物的呻吟。裡面說的話，我沒有一句聽得懂。而且我覺得浪曲是低級滑稽的東西，因此覺得後面的大叔也是沒教養低級的人。如今回想起來，我之所以覺得浪曲是農民看的低俗之物，可能小時候受到母親那俗不可耐的歧視觀念影響吧。

在目白車站內看到這種東西，以前那位大叔低頭靜靜坐在我家簷廊的情景，突然變成一張照片，在我腦海復甦。已經是五十多年前，那間在田中的小屋和大叔動也不動的姿態，一半融入暮色，一半染上橘色的燈泡光暈。那個大叔和一個小女孩住在一起，我不知道那是他女兒還是孫女。此外時而會有女人在。

車站裡的店家會賣這種CD，表示現在也有人在聽浪曲吧。我還以為早就消失了呢。我不禁焦急心想，要是我今天不買，我可能到死都不知

10・又稱浪花節或難波曲，是日本的說唱藝術。表演方式為一個人說唱，以三味線伴奏。

道浪曲吧。雖然我從沒聽過浪曲，但知道廣澤虎造這號人物。不，我只知道廣澤虎造這個名字，連他什麼時候死的都不知道。我只模模糊糊知道清水次郎長和廣澤虎造是一對的。

話說回來，我以前的綽號還是「次郎長」呢。這個幾十年前的綽號曾經讓我很受傷，但如今我六十四歲，已經傷不了我了，甚至覺得很懷念。在宇多田光和濱崎步的ＣＤ裡，竟然有一捆用繩子綁起來的次郎長傳，實在很詭異。

我問染了一頭咖啡色頭髮的店員小哥，一萬五千圓算我一萬圓好不好？他竟立刻答應賣我一萬圓。害我覺得有點掃興。

我將清水次郎長傳第一卷〈秋葉的火祭〉放入車內音響，出現男人的聲音。我大吃一驚，居然有這麼好聽的男聲。我以前認為是動物呻吟的，是唱這一段歌詞的聲音：

「與富士山並列，聲名遠播，清水次郎長東海道首屈一指，將性命賭在長腰刀，一生為仁義而活……」

然而CD裡的歌聲卻清亮通透，猶如細細擦亮磨光般的聲音。無論多麼低的低音，我都能清楚聽得出歌詞。對了，美空雲雀的歌聲也是這樣。不僅唱歌，一個人還分飾好幾個角色。

這套次郎長傳長達十八卷，次郎長也一直出場，可是對白很少，常常只是「這樣啊」或是「啊？這樣不好喔」而已，所以當「這樣啊」出現時，我就知道是次郎長。其他還有很多手下和流氓出場，光靠聲音也聽得出是誰。只有短短一句「這樣啊」的次郎長，真的很有威嚴。裡面還如此提到次郎長：

「縱使在山岡鐵舟[11]寫的書裡，次郎長也多次找人幹架，但從來沒有出奇不意殺了敵人，總是等到對方準備好，氣度過人啊……」

「氣度」是何等好詞。近來很少看到有氣度的人。卑鄙最令人不齒。

「首先，次郎長的裝束是，一件素雅的結城和服，一條獨鈷的博多腰帶……腰際插了一把五代忠吉的長腰刀，一襲薩摩織的無袖雨衣……」

虎造如此一唱，次郎長膽識過人的威嚴樣貌便立體了起來。但不是因為文字而立體，而是因為虎造的歌聲。

欲罷不能，我已欲罷不能。原來以前那位大叔低著頭就是在聽這麼有趣的東西啊。我實在太佩服了，沒想到流氓的日文竟也如此美麗，但我還是不知道真正的次郎長是怎麼樣的男人。日本史人物辭典裡的次郎長照片是頭髮旁分，臉很長的人。

「一生做了敵我兩百八十個牌位，歿於明治二十六年（一八九三）六月十二日，活到七十餘歲，凡事謹慎，從不大意……」

這段話若以文字寫成很有膽量，手腕極佳，重仁義有感情，似乎也沒什麼，可是聽虎造的歌聲唱這段歌詞就會很有共鳴，嗯，這樣啊，這樣

11・山岡鐵舟（一八三六～一八八八），幕末至明治時期的政治家，劍術高超。

啊，覺得次郎長是個很了不起的人。

當他說出，無論任何時候，人的眼神總比身體先動。我深深佩服他犀利敏銳的觀察。

畢竟是流氓，砍來砍去是常有的事，若順利復仇，便如此結尾，讓人心情也能告一個段落：

「剛好時間到了……」

然而浪花節這種民俗藝曲，在近代日本成了輕蔑的對象。

「重視義理人情的話，這個世界是黑暗的啊……」

重視義理人情有什麼不好。現在這個義理人情都變成錢的時代，大家難道比安政年間[12]變得更高尚嗎？

小泉首相也說，次郎長光是氣度就夠偉大了。「少囉唆，男子漢說話要算數吧。」即使是流氓，也不允許對別人和自己說話不算數。

光只是存在就散發出威嚴，令人敬畏。這種人品氣質到哪裡去了。就連奔走於東海道的森石松[13]也不會惟利是圖，被說是卑鄙小人也會火冒三丈要對方的命。

若說到處鑽營「手腕高明卻卑鄙」的鈴木宗男有什麼壞？壞就壞在他的聲音，像養在室內的狗動不動就吵死人地狂吠：「我沒有做喔。我沒有關說圖利他人收賄喔。」那聲音真是難聽死了。

12・一八五四～一八六〇年。當時是孝明天皇在位，江戶幕府的將軍是德川家定、德川家茂。

13・森石松（生年不明～一八六〇），清水次郎長的手下，幕末時期的俠客。

若能從丹田發聲，就不會出現耍嘴皮子的聲音。雖然不知是真是假，但次郎長的故事說服了我，我認為五十年前的簷廊大叔那麼感動，是因為虎造以丹田說唱肺腑故事。那是從丹田發出來的聲音。當情緒高昂，聲音也一定會上揚。

浪曲盛行的時代，日本人的心沒有荒廢到這種地步吧。雖然浪花節我只知道次郎長傳，但例如《壺坂靈驗記》[14]是單純樸素的夫妻恩愛故事，此外也有很多描寫親子之愛的故事。大眾的表演藝術之所以存在，是因為大眾希望它們存在，現在大眾已經不需要浪曲了。

可是，我們真的想看吉本的諧星搞笑嗎？電視真的很糟糕，使得人心越來越荒廢。誰都不說做人的道理。說這種道理的傢伙令人厭煩。

五十年前低頭專心聽浪花節的大叔，大概是我現在的年紀吧。活了同樣的歲數，但身為一個人，大叔比我更正經。他不會喋喋不休把身為一個人的基本掛在嘴上，而是確實放在心裡，將它活出來吧。

隨著時代一起消逝的東西絕不會再回來。取而代之，我們得到的只是豐裕的物質生活吧。

六十四歲「老太婆」，已不是男人或女人，只是「老太婆」這種生物。年輕時，我是個綽號為「次郎長」的女人。我應該成為「次郎長」，至少要學會生活態度與人情義理，讓自己的氣度變大。雖然手腕與威嚴不

14・明治時代的曲目，描寫盲人與妻子的恩愛故事。

足，但至少想擁有俠氣。

可是，我似乎只成為輕浮的冒失鬼。不過這樣也好。

剛好時間到了。

6。普普通通地死

醫生照了X光，還做血液檢查。區區一隻貓照X光？還做血液檢查？醫生將兩張很大的X光片夾在看片箱，一臉嚴肅帶著些許凝重地說：

「得了癌症啊。」啥？啥啥啥？

「這裡是胰臟，已經變形得這麼大了。」醫生指著一個網球大小，圓圓的地方說。

「然後，已經移轉到肺的這裡，和這裡了。可是不知道原發癌在哪裡，如果要檢查，可以檢查腸胃，妳要檢查嗎？」「這只是檢查原發癌在哪裡嗎？」「是的。」「治得好嗎？」「已經擴散得這麼廣了，就算要動手術把罹癌的地方切掉，也不能把內臟全部拆除吧。」「不用動手術。」

咦？癌症！貓也會得癌症？「還能活多久？」「嗯……這個很難說，一星期或更少吧…」啥？一星期？啥！「體重掉了三公斤，是脫水狀態吧。牠可能不太喝水了。把抗癌劑注入點滴打打看吧？什麼都不做的話，也有安樂死這個選項。」醫生說到安樂死這三個字時，聲音變小，似乎難以啟齒，也沒有看我的眼睛。我請醫生吊點滴，讓貓住院一晚。

翌日，貓吃了很多飼料。醫生說也打了類固醇。類固醇？那不是運動選手在用的興奮劑嗎？我聽過有個九十二歲的老爺爺骨折住院，原本以為只能躺在床上了，結果打了類固醇突然又可以起身，還在醫院走廊走了兩圈呢。等藥效過了又躺在床上了。

醫生給我白色小藥丸：「這是抗癌藥。」還教我如何扳開貓嘴，把藥放進去。

「如果有效，可以延遲癌症惡化。」醫生說。延遲惡化，意思是可以延長一點壽命嗎？

我這隻貓叫「小船」，蹲伏在金屬籠子裡，簡直像在坐牢。如果我是小船，我不想死在牢裡。

「要是牠很痛苦，您能不能來我家讓牠安樂死？」

「那時候請把貓帶來醫院。」我沉默以對。

我沉默不語，一直看著小船。

「儘可能帶來醫院。」醫生似乎受不了我的沉默。我認為無法忍受沉默的人是好人，因此趁虛而入強勢地說：

「有個三長兩短的時候，我可以打電話給您吧，您會來吧。」

就把小船帶回家了。

我在小船的箱子裡放了暖腳器、鋪上毛毯，將小船放進去。

小船靜靜閉著眼睛，一直維持放進去時的姿勢。我在箱子旁邊放了水，便出門去超市。類固醇果然是短暫的興奮劑。

我買了十罐最貴的貓罐頭。我看過一則電視廣告，有個傢伙把貓罐頭倒進香檳杯，還噹的一聲敲杯子。每次看到這個廣告我就火大，真是離譜到莫名其妙，怎麼可以讓貓過得這麼奢華。

我買了白肉魚、雞胸肉、牛肉、雞肝等各種貓罐頭，心想說不定會出現奇蹟。平常我只給小船吃像兔子大便般，一顆一顆的乾糧，所以看到白肉魚這麼好吃的東西，牠一定會大吃特吃，說不定能騙過癌細胞。津津有味地舔食雞肝之後，搞不好會擊退肝臟的癌細胞。若是可以這樣，這個價錢也算便宜。可是我也覺得，奇蹟可能不會出現吧。

我挖了一匙貓罐頭放在小碟子上，湊到小船的鼻子前面。

小船聞了以後，吃了這一匙。我再接再厲又放了一匙。但這次小船閉著嘴巴，看著我的眼睛。我說：「來啊，快吃。」發現自己的聲音完全沒有變成貓咪的柔媚聲。我這輩子似乎沒有發出過貓咪的柔媚聲，只能發出普通的聲音。一般人都能發出貓咪的柔媚聲嗎？貓咪希望人類用貓咪的柔媚聲跟牠說話嗎？

「來，再吃一口看看。」我以普通的聲音又說了一次。小船看著我，伸出舌頭舔了一下白肉魚。我看得出來，牠非常努力在回應我的聲音。原來你這麼乖啊，我都不曉得呢。

一回神，小船走到房間的角落去了。

真的能再活一星期嗎？搞不好就這樣死掉了也不奇怪吧？牠很難受嗎？會很痛嗎？牠沒有呼天搶地說我得了癌症我得了癌症，只是靜靜待在那裡。

動物實在太偉大了。

有時牠會悄悄睜開眼睛，露出遙遠孤獨的眼神，然後又悄悄閉上眼睛。

牠的眼裡有一種安靜的豁達。

人類真是醜陋的東西。

我凝望著動也不動的小船，一股嚴肅的心情油然而生，不得不尊敬這隻九公斤的貓。

動也不動的小船，肚子時而會出現起伏狀態。我想起父親過世前，偷看蓋在他消瘦胸前的棉被，父親忽然睜開眼睛看我，嚇得我目瞪口呆。

還活著。

小船時而會起身去貓砂盆小便，時而會喝水。不久可能會大小便失禁吧。失禁也沒關係，失禁也沒關係喔。可是能不能盡量不要失禁呢？

一罐貓罐頭遲遲吃不完。

小船一直靜靜的，我卻慌張吵鬧。

我打了電話給佐藤：「小船得了癌症，今天說不定會死掉。」佐藤和麻里靜靜從玄關走進來，對小船說：「小船，你怎麼啦？」小船或許覺得，你們也太奇怪了。

我還去了荒井家，跟他們說：「我的貓得了癌症，好像快死了。」

荒井先生以一如往常的表情說：「哦，這樣啊，我家的貓昨天也死了。」荒井家的貓在倉庫二樓生了小貓，其中一隻怎麼樣都不下來一樓，五年來一直住在昏暗的倉庫二樓。荒井先生常爬梯子上去看那隻貓的情況，有時牠只有尿尿。但五年來，荒井先生每天都去餵飼料。

聽說荒井先生住院時，太太第一次去探望他，他只說了一句話：「貓。」荒井太太忿忿不平：「你是要我去餵貓對吧。你只擔心貓啊？」

那隻貓第一次下到地面，是被埋進洞裡的時候。我對於自己沒能用普通的語氣向荒井先生說小船的事，感到很丟臉。

我也去跟阿誠和明美說：「小船得了癌症。」阿誠以過去式的時態說：「啊～牠以前是一隻好貓啊，了不起的好貓啊。」於是我也以過去式心想或許是吧。

過了一星期，貓醫生打電話來關切：「情況如何？」即便只是貓醫生的一半或十分之一也好，人類的醫生有這麼關心患者嗎？出院後，會打電話來關心患者嗎？我一顆抗癌藥也沒給小船吃，全部扔掉了。

這一個星期，我每天緊張兮兮，心情七上八下，小船卻只是以同樣的姿勢靜靜躺著，只有腹部出現些許起伏。每當看牠這副模樣，我都心生佩服，覺得貓咪很偉大，人類實在很糟糕。

就這樣過了十天。過了兩星期。

「來，吃吧。」我這麼一說，小船看了看我的眼睛，吃了半匙左右。牠的眼神彷彿在說：「其實我不想吃，可是妳要我吃，所以我就吃了。可以了吧。」我心想，不用這樣當乖孩子沒關係喔，嘴巴卻說：「還有一半喔，還有一半喔。」

過了兩星期，我覺得小船可能不會死吧，牠或許會這樣不吃不喝一直活下去吧。儘管如此，小船也會去貓砂盆大小便。像老鼠屎般的大便，大概三天一次。分分秒秒，我都覺得牠現在要死了嗎？現在要死了嗎？搞得自己疲累不堪。明明沒做什麼，卻一直緊張得要命。後來牠去窩在浴室的瓷磚上。可能是想去溫暖又冰涼的地方吧？待在暗處不想被打擾吧？牠靠自己找到寂靜無聲，冰涼又黑暗的地方。

有一天，我看到廁所的馬桶前有一小灘水，用捲筒衛生紙一擦是黃色的，味道聞起來像尿。小船已經去不了貓砂盆了。牠一定是拚了命走去浴室旁的廁所。牠知道這是人類用的廁所。原來牠是這麼勇敢的貓啊，我一直以為牠只是一隻肥貓。

小船的臉瘦了一圈，摸摸牠的頭，瘦骨嶙峋的頭蓋骨好明顯。

過了二十天，朋友來家裡：「我跟妳說，這還會撐一陣子喔。這個大肚子就跟駱駝的駝峰一樣，這個大肚子會給牠補充營養。如果是一隻苗條的瘦貓，早就死了。」真是這樣嗎？小船去廁所尿了三次。擦完地板上的尿之後，我一直看著地板。我常在心裡說，盡可能不要失禁喔。小船一定是看穿我的心思了。

剛好一個月的時候。

那天小船窩在房間角落，發出奇怪的呻吟聲。我回頭一看，牠稍微動了動腳。啊，嚇死我了。我還以為牠死了。之後不到兩秒，牠又呻吟了一聲，然後就死了。這次我完全不驚訝。

我每天都看到小船。每當看到牠，我就不由得拿牠跟人類罹癌的恐慌相比。因為幾乎整天都看到牠，所以我整天都在思索人類的死亡方式。想著想著，不禁對小船肅然起敬。我完全比不上這隻小動物。看著這隻小動物，就這樣平靜接受生物的宿命「死亡」，我不禁眼眶泛淚。在這份寂靜面前深感羞愧。如果我是小船，一定會又哭又鬧，詛咒這份痛苦。

我想死得跟小船一樣。儘管人類能登陸月球，卻無法像小船一樣死去。正因能登陸月球，所以無法像小船一樣死去。小船是普普通通地死。

在遙遠的太古時代，人類或許也和小船一樣，有著小船般的眼神，能夠普普通通地死。當我向荒井先生說：「我家的貓死了。」荒井先生以普通的語氣說：「這樣啊。」

7。是這麼回事嗎

「妳家有裝 Sky PerfecTV[15]吧。」「對啊。」我得意地撐大鼻孔。

「現在大家都在瘋世足賽吧。」咦？這樣啊？

「畫面很漂亮吧。」「超讚的。」這回鼻孔只撐一半。

「好，我去妳家看。」

我住的地方不能看電視，只好請人來裝有線電視，可是一般的無線電視台畫面模糊得像在下雨，我氣得很想叫他們退錢。此外院子擺了兩個像

15・日本的付費衛星電視。

白色中華炒菜鍋的衛星小耳朵。

其中一個是Sky PerfecTV，但看不到無線電視台的娛樂八卦節目，所以我只看電影。世足賽？傷腦筋，我很討厭看體育節目。

住在附近的朋友，拿了啤酒和一堆吃的來我家看世足賽。

我完全不懂足球的比賽規則，不過既然要看就得開心點，不然就虧大了。聽說足球選手是型男的大集合，所以我就當作欣賞型男來看吧。

以前我就很想知道，即使一次也好，我想知道男人看到年輕貌美女生時的反應，那是什麼感覺。

我的嬸嬸終其一生，只要說到叔叔就說他很噁心。一起搭電車時，即便嬸嬸也在，叔叔照常咻咻咻去站在車廂最漂亮的女人前面。嬸嬸說，叔叔是超級不像話的色鬼。但根據我在電車內的觀察，所有男人都跟叔叔一樣。每個男人搭電車時都不是心無旁騖。即便像在發呆的男人，一旦進了電車也會像流水般，極其下意識地尋找美女。可是站定後，大多也不會有什麼非分之舉。

連高中男生都說：「我今天一早真是超走運的。有個超正的高中女生在明治大學前的階梯跌倒，我剛好看到她的內褲喔！」一早就碰到這種事，感覺一整天都會有好事發生，雀躍不已，說得很樂的樣子。

連快要七十歲的作家朋友也說：「我覺得我還可以喔。因為我上街看到年輕女孩就心花怒放，尤其無袖的季節真好，看到女孩上臂連接腋下的地方，我就有一種活著的感覺，真的棒透了。」「醜女也沒關係？」我這麼一問，他說：「最好是美女啦。」

佐藤把世上的女人分成兩種。當我問他聊天時出現的女人「是個怎樣的人？」他的回答只有兩種，「那是個美女喔」以及「那不是美女」。聽說有天晚上，他太太麻里睡不著在寢室看電視，當電視出現「美女」這個詞，原本睡得很熟的佐藤竟突然起身問：「在哪裡？」

雖然女人也有非常「外貌協會」的人，但大部分的女人，不會只為了看一眼就快步走到型男面前站著。我認為女人沒有內建這種程式。很多週刊的封面都是年輕女孩的半裸照片，大家都覺得理所當然。仔細想想卻很奇怪，若不仔細思考便會覺得理所當然。女人覺得這個部分很礙眼，便快速翻頁進入內頁；但男人會滿心歡喜，慢慢欣賞，再進入內頁。

這種終身存在的差異，是很嚴重的問題吧。從早到晚，男人總是充滿了微小或重大的喜悅，委實令人羨慕。而女人的微小或重大喜悅是什麼呢？我找了半天也找不出稱得上喜悅的事。這是因為每個人不一樣呢？還是因為完全沒有呢？

算了，反正我對足球一竅不通，就看臉吧，好好地看臉。反正哪一隊贏了都不關我的事。

理所當然，貝克漢真是把我帥暈了。電影明星也很少看到這麼帥的型男，連布萊德彼特都有種溫吞的遲鈍感。更何況貝克漢很強，出類拔萃地強。感覺整個身體的肌肉，連胃和膀胱（雖然看不到）都在躍動，沒有多餘的動作。而且他非常了解自己的美，但比賽中無法顧及自己的美吧，可是那種無法顧及的拚勁讓他變得更美，連這個他也知道。

他拚命的程度是其他選手難以比擬的，雖說小孩子在運動會也會拚命跑，即便是別人的小孩也會流出感動的淚水，但我的眼睛只追著貝克漢。這不是我的意志，是我的眼球自己去追他的。

此外，每一隊的厲害選手都長得特別帥。例如韓國的安貞桓，義大利被稱為「義大利王子」男人，日本的中田也長得很帥。

逐漸邁向決賽時，我也逐漸熱衷起來。於是早上醒來就很開心，充滿期待的一天開始了。今天會看到誰和誰呢？

說不定，一般男人每天就是這種心情吧。我和貝克漢不可能發生什麼關係，也不想跟他發生關係，但只要看到他，小小的喜悅就像氣泡般從心底冒出來。也不想想妳幾歲了！想想歐洲和日本有多遠吧！可是，就像電車內快步站在美女前面的男人，其實沒有想那麼多，只是渾身充滿了小小的喜悅，然後又快步走下電車而已吧。

而且我也覺得這和性慾無關。雖然這很難判定。六十四歲的女人有性慾嗎？我自己也難以判斷。硬是要挖的話，拚命挖拚命挖，說不能挖到河底一小撮沙金般的性慾。但若叫我把這個拿去用，我不認為我會想用在貝克漢身上。

若硬要勉強自己，像〈奧茲貝爾與大象〉[16]裡的大象那樣被逼迫的

16・宮澤賢治的短篇童話，描寫一頭白象受地主奧茲貝爾欺騙做粗活，起初白象還樂在其中，但奧茲貝爾逐漸減少糧食，白象因而越來越虛弱。

話，我發現我想把僅剩的一小撮珍貴慾望，用在完美扮演容貌魁偉的足球裁判或電影《沉默的羔羊》的漢尼拔醫生，身材高大的禿頭男身上。倘若在遙遠的年輕時代，我是個絕世美女，我也許會想跑遍半個世界。然而世上沒有「如果」這種事。

很強的男人讓人覺得很美，究竟是怎麼回事？若一個女人長得很美又有才華，世上百分之九十九的女人都會嫉妒她，不可能沒有任何反感。擠爆球場的狂熱觀眾大多是男人，這些男人對於有才華的優秀厲害選手，沒有抱著女人對女人般的反感嗎？不過，他們看到女人在那裡尖叫喝采，內心可能也不是滋味吧。

看到來自世界各國的選手團，使我驚訝於自己無知的成見。

看到猶如非洲黑豹的選手，因為我太無知了，竟幻想著他們回國後都裸著身體，夜晚祭典時還在火堆上跳來跳去大聲吼叫。可是後來想到塞內加爾的首都大樓林立，也有很多汽車在路上跑，跟全世界的都會沒什麼兩樣，又覺得很可惜。

還有，當黑人和白人比賽時，我絕對希望黑人獲勝，還大聲叫喊：「衝啊！幹掉他們！」要是黃種人和白人對戰，我當然支持黃種人。

韓國人的鬥志讓我歎為觀止。看到全場怒濤般的沸騰狂熱，我深深覺得他們跟北朝鮮是同一個民族。如果統一，這些人說不定會展現雙倍鬥志。所以我心裡七上八下，希望他們不要跟日本對戰。如果跟日本對戰，日本可能會輸吧。跟韓國那種頑強與威力相比，日本簡直像個小弟弟，根本贏不了。後來幸好沒有對戰，我鬆了一口氣。可是韓國挾帶著超越人類力量的東西，一路破關斬將頻頻獲勝。

每個民族都有自己的民族特性。以前的帝國日本，可能沒看穿韓國驚人的鬥志吧。如果我是帝國日本，絕對不會對那個擁有驚人愛國心與鬥志及能力的民族出手，光想就嚇破膽了。而且拿韓國的安貞桓和日本的中田相比，中田的臉蛋也輸了。我陶醉地看著安貞桓，還啪啪啪為他拍手。

以前我在義大利住過一陣子。現在的義大利男人，怎麼看都不像羅馬帝國凱薩大帝的子孫，大白天的竟然對我這種女人拋媚眼，還吹口哨呢。然而上了足球戰場，他們卻英氣煥發，一副志在必得的帥勁，與其穿足球制服，我覺得還是應該給他們穿羅馬時代的托加長袍，帥得跟羅馬時代的雕像一樣。

北歐穿海盜的裝束，待在昏暗的大海就好。德國男人很適合穿軍服，沒有任何國民比他們穿軍服更帥。這些念頭快速閃過我的腦海，要是被別人聽到，我可能只剩半條命吧。自以為是的無知，真是世界和平的敵人。

然後到了決賽。巴西對德國。我當然想支持有色人種的巴西，可是在這之前，我先被德國的守門員卡恩迷住了。

卡恩稱不上俊美型男，但就像禿鷹或鷲在捕殺獵物，不管什麼球到了他前面，都會被他擋掉。要是有這種老公，可以過得多麼高枕無憂啊。無論碰到多麼艱難的問題，他都穩穩守在家庭的球門前，啪啪啪兩三下就把問題解決了。我想在這種男人的守護下，度過我的一生。

我越來越希望德國獲勝，可是最後巴西贏了。羅納度的璀璨笑容，選手們如浪濤般一波波湧現的喜悅。奪得勝利的男人很美。

這時攝影機拍了卡恩。卡恩靠在球門的門柱，癱軟滑落在地。看著他低頭的側臉，我想起托爾斯泰說：「幸福的家庭都是相似的，不幸的家庭各有各的不幸。」

勝利都是同樣的光輝燦爛，敗北卻有各自不同的暗影。於是我這麼想，這個畫面裡的美麗男子，自然地進入我的眼簾，即便他對我沒意思，我的眼睛還是追尋著他，然後一道小小的陽光射進心中。可是也只有這樣。每個當下每個當下的喜悅。無論多麼不幸的時刻，人都可以靠小小的喜悅活下去。生存的訣竅，一定在於發現很多小小的喜悅。例如男人在電車內，會本能地站在美女前面。因為人生就是痛苦到這種地步啊。大概是這麼回事吧。

貝克漢、安貞桓、義大利王子，他們都回自己的家了。喜悅短暫，悲傷漫長。

我已不再迷戀貝克漢，卻對卡恩念念不忘。

「有沒有哪裡在賣卡恩輸球瞬間的海報啊？不是像禿鷹或大猩猩把球拍掉的時候喔。有的話，我想買超大張的。」「妳買這個海報幹嘛？」「我要貼在臥室的天花板，醒來睜開眼睛第一個看到的就是卡恩。我想要悲傷的卡恩啊！」「這麼看來，其實妳不是外貌協會的啊。不過卡恩很受歡迎喔，連卡恩的歌都有了，還有日文版呢！」「咦？」「女人很容易被這種事吸引啊，因為母性本能被激發出來了。」

是因為這樣嗎？我不知道理由為何，但心裡很不爽。

8。幸福的極致滋味

搬來這裡的第一個夏天，看到黑色的東西嗡嗡嗡飛進來，我只好拿電蚊拍猛拍。仔細一看，好像是蜜蜂。身體細長有著黃色紋路，看起來挺美的，但是很大隻。剛開始我用面紙捏起來，扔進垃圾桶。用電蚊拍還滿輕鬆的，一下子就能拍到蜜蜂。

可是即使我關上門窗，蜜蜂還是三不五時飛進來，搞不懂從哪裡來的。但我的命中率也越來越高，幾乎百發百中。後來數量多到懶得一隻隻用面紙撿，乾脆用掃把掃，簡直像漁夫大豐收，心情很是暢快。

有一天，我邊看電視邊摺衣服時，上臂被叮了一下，我迅速拿起毛巾一拍，想不到這隻蜜蜂沒被我拍死，從毛巾裡掉出來，我火速殺了它。蜜蜂的身體很硬，很難捏死，即使被電蚊拍拍到也不會立刻死掉。

被這麼一叮，我很擔心會不會是胡蜂，把昆蟲圖鑑翻出來看，結果胡蜂的種類多到佔滿一整頁。叮我的這隻蜜蜂，是裡面的第二大隻。

我不知道醫院在哪裡，連忙打電話給衿子。衿子任何時候都不會慌張失措大吼大叫，講起話來總是慢條斯理。

「妳被蜜蜂咬了啊？啊，去年，K先生的兒子被蜜蜂咬死了，而且還死在車裡啊。那時候K先生身體不好，所以兒子來幫忙割草。因為死在車裡，好一陣子都沒人發現呢。」「被蜜蜂咬到多久會死？」「馬上死掉。」馬上死掉的話，我不就已經死了。我還花了時間查昆蟲圖鑑哩。

「我要去哪裡的醫院看？」「我們這裡可是無醫村喔。以前是有醫生在，有一個沒有執照，但卻是名醫喔。後來的醫生是個獸醫，可是他也看人喔。獸醫也是名醫喔。」怎麼都是名醫啊。既然會立刻死掉，我就放棄治療了。可是如果會死，我應該已經死了吧。

「後來無照醫生被拆穿了，所以就走了。那個獸醫幫人類看病也被拆穿了，所以也不在了。不過被胡蜂咬會死掉喔。事情很嚴重喔。我想想看哦，妳去問萩原家的今日子吧。今日子知道醫院，去問她最好。」

於是我打電話去萩原家，今日子只說了一句：「我立刻過去。」便掛斷電話。轉眼間今日子就開車來了，因為來得太快，也讓我知道被胡蜂叮咬是多麼嚴重的事。

「妳告訴我地點，我自己去。」我這麼一說，今日子繃起臉：「不行啦，怎麼可以自己去，萬一在路上出事怎麼辦？快快快，我載妳去。」

可是我認為，既然沒有馬上死掉，應該不會死吧。就算死了，知道這個曾經有過無照醫生和名醫獸醫的恬靜村子樣貌，我也覺得賺到了。此外，我覺得我很了不起，還把一隻蜜蜂當證物裝進保鮮盒帶去醫院。

蜜蜂好像是從天花板燈的細縫鑽進來的。這間房子有十幾個天花板燈，我從醫院回來看到家裡到處是蜜蜂，嚇得不敢走進去。這天晚上我住在附近的簡易旅館，又打了電話給衿子，問她如何趕走蜜蜂。

聽了很多方法後，我去拜託荒井先生。我和那個萬能的荒井先生就是這樣熟起來的。原來蜜蜂在浴室收納防風雨木板窗的櫃子裡築巢。

到了春天，我去衿子家，看到很漂亮的水仙花。我有生以來第一次看到這種水仙花，白色的花瓣裡，有個像小碗般輕飄飄的花蕊，花蕊邊緣鑲了一圈紅色。衿子在院子種了一圈圓圓的這種水仙。古谷先生告訴我，這叫「口紅水仙」。

我說我想要，古谷先生笑說：「外行人總是在花開的時候想要啊。」我問：「不然什麼時候比較好？」「花謝了，葉子也枯了，只剩球根的時候。」我心想：「這樣啊。」到了第二天，衿子和古谷先生便拿了水仙來送我。

開了很多花，也有很多花苞。他們可能認為我是外行人不會種，迫於無奈只好拿來送我吧。古谷先生說：「要安靜點，安靜點，別讓花察覺到。」小心翼翼把花遞給我。

古谷先生還說：「放在陽光照得到的地方。」這下我可擔心了，因為我家照得到陽光的地方很少。接過古谷先生小心翼翼遞給我的水仙，我傻笑發愣，站在那裡，古谷先生再度叮嚀：「小心喔，別讓花發現換地方了。」然後就跟衿子一起回去了。

我小心翼翼種下了水仙，可是很擔心，水仙真的沒發現嗎？為了慎重起見，我對著水仙花說：「你沒有被換到別的地方種喔。」

下一個春天，開了三朵。我覺得開得比種在衿子家的時候小。於是我對小白花說：「我跟你說喔，這裡不是我家，是衿子家的庭院喔。」可能是陽光有點不足吧。

我一定要守護這些水仙，所以我請人來把前院的落葉松砍掉了十七棵。人們說：「颱風來了，要是松樹倒了，家就毀了。」活了七十年的落葉松，發出震動地面的巨響，堂堂地倒了。堂堂結束了七十年的生命。巨大的樹幹被抬上大卡車。

我蹲下來，對已經沒花沒葉、空無一物的地面說：「你要好好活下去喔。」

後來有一次朋友說：「年紀大了會自言自語喔。」我裝作事不關己地回：「啊？這樣啊？我還不會自言自語喲。」內心想著我對水仙說話的事。

古谷先生養了蜜蜂。怕熊來偷吃，把蜜蜂養在屋頂上。隨著季節變化，他會把蜂箱換地方放，我跟他一起去過。

可是我現在想不起是哪裡了。

只記得那是個天空非常遼闊的地方，蜂箱放在樹形姣好的樹下。但這個記憶也不可靠，說不定只是我覺得有去過。依稀記得衿子好像戴著大帽子，穿著長裙，飄飄然站在樹下。

古谷先生的長相與身材和耶穌很像。我常常擔心，萬一古谷先生去歐洲的鄉下旅行，碰到教會掛著做得不太好的耶穌十字架，教會的人看到他，會不會立刻把他脫光衣服，釘上十字架。古谷先生是個像神明般安靜的人，我猜他可能會說：「只要不讓我察覺到，悄悄釘上去沒關係喔。」

有一天我去衿子家，古谷先生正好在採蜜。他把結了密密滿滿蜂巢的四角形蜂巢板，放進藍色桶子裡，然後轉啊轉地，蜂蜜就神奇地流進桶子裡了。然後打開桶子的水龍頭，用瓶子接蜂蜜。

「哇，好厲害哦！我還以為你養蜂只是興趣呢。」我這麼一說，古谷先生只用眼睛笑了笑，依然默默轉動蜂蜜。古谷先生總是只用眼睛笑，非常安靜，所以到了他面前，我總覺得自己變成野蠻人或野狗。他還跟我說，有一次颱風天，他把蜂箱的蓋子扣緊，結果蜜蜂全死了。風雨交加的颱風天，他也爬上屋頂好幾次。看著流淌而出的蜂蜜，我覺得這真是難能可貴的東西。

舔了一下蜂蜜，有種夢幻般的滋味。古谷先生送我兩瓶。一瓶是栗子花蜜，另一瓶是野花蜜，兩瓶都貼上古谷先生畫了插畫的標籤。如此難能可貴的東西，古谷先生竟慷慨地送了我兩瓶，果然是耶穌啊。

我把這蜂蜜當寶物般，一點一點慢慢吃。塗在奶油土司上吃的時候，簡直幸福到神魂顛倒，很想嘲笑全國吃了加麥芽糖蜂蜜的人：「哇哈哈哈！」

明明不是我自己做的蜂蜜，但客人來的時候，我會很驕傲且帶著施恩的態度說：「這是真正的純蜜喔。」還假裝賣弄博學。

碰到若無其事將蜂蜜大量淋在麵包上的男人，我會在桌下捏緊拳頭，狠狠瞪著他，在心裡怒吼：「你這傢伙識不識貨啊！」

之後每年，他們都會送我蜂蜜。每當衿子問我：「妳還有蜂蜜嗎？」

我覺得衿子像聖母瑪莉亞。

有一年的年底，朋友來家裡做年菜。做得正起勁，麥芽糖沒了，朋友問：「佐野，這個蜂蜜可以用吧？」我的反應很嚇人，刻不容緩地鬼叫：「不行！」朋友因此臭著一張臉。

「這個啊，這個啊，這是因為……」「好好好，我不用就是。」朋友氣呼呼地回答。她可能認為我是超級小氣鬼吧。可是我一直在心裡說：「這個啊，這是因為……」如果是砂糖，一百公斤都隨便妳用，可是這個，這個啊。這是稍微舔一下，就會和花香一起出現，是站在樹下的衿子，和碧藍遼闊的天空，和原野的花朵和大棵栗子樹渾然一體製成的，含在口中會有夢幻滋味的蜂蜜唷。吃的時候，妳會感受到蜂蜜在身體裡慢慢擴散開來喔。這是幸福的極致滋味喔。

隔年的年底，這位朋友又來了，將麥芽糖咚地放在桌上說：「妳看，我買很多麥芽糖來了。」我的天啊，怎麼這樣。看來她依然認為我是個小氣鬼。

古谷先生原本養西洋蜜蜂，這回改成養日本蜜蜂。聽說在日本，日本蜜蜂越來越少了，再加上飼養困難，能採到的蜜也很少，根本賺不了錢，所以日本蜜蜂就變得更稀少了。

荒井先生說：「市面上賣的蜂蜜，都是給蜜蜂喝砂糖水，所以能採到很多蜜。」他真的是無所不知。「日本蜜蜂產的蜜，以前是拿來當藥的，對身體很好喔。」儘管如此，古谷先生也送了我日本蜂蜜。

舔了一下，味道頗為清爽。對我而言，這已經不是蜂蜜了，而是跟《聖經》裡記載的耶穌誕生那天，東方三博士拿來的沒藥[17]一樣。我不知道沒藥是什麼，但一定是日本蜜蜂產的蜜。

話說，在我家群蜂亂舞的胡蜂會不會產蜂蜜呢？之後我又被胡蜂咬了兩次，可是我都沒死，所以我說不定適合養胡蜂。

問了荒井先生，他說：「妳也太天真了。」

17・中藥名，具活血、化瘀、止痛、健胃的效用。

9。但願如此

我去內堀五金行買工作手套，內堀家的伯母拿著扇子坐在店門外的長椅上，看著我穿的吊帶褲說：「這位太太，妳穿的這件衣服很不錯耶。」「這是我自己做的喔。」「好厲害，手真巧啊。」我的手一點都不巧。「這是縐綢做的吧？」「因為人家送我很多舊和服，我把和服拆了做成這條褲子。以前穿這件衣服的人，一百零一歲了喔。」「我的天啊，一百零一歲，真是長壽啊，可喜可賀。」

我忽然愣住了，無言以對。因為我一直認為長壽是人間地獄，居然有人能坦率認為活了一百零一歲可喜可賀，真的嚇我了一大跳。或許以前的人都對長壽表示祝福吧。可是當事人是否也感謝長壽，覺得可喜可賀呢？

很久很久以前，我八歲的時候，曾在父親的鄉下老家住過一陣子。

堂妹小亞家的老爺爺，長久以來像村裡的哲人，垂著像中國仙人般的白鬍子，頭禿得閃閃發亮。老爺爺將灰泥白牆的倉庫當作書齋，堆了很多線裝書，安靜沉穩地過著隱居生活。後來我聽說，老爺爺從三十五歲就隱居了。

小亞的作業都是老爺爺寫的。

他們家在全村最高的地方，院子裡有一棵全村樹形最好、長得最雄偉，據說樹齡兩百歲的松樹。這棵松樹俯瞰全村，貧困的村子也因這棵松樹而格調高了起來。

頭禿得閃閃發亮、垂著白鬍子，像中國仙人的老爺爺盤腿坐在松樹前的簷廊上。就如澡堂牆上的油漆畫已成為日本風景的象徵，過於老套而引人發噱，老爺爺的這幅景象也如日本老人的正統畫姿，一臉嚴肅難以取悅的模樣也令人莞爾。

這位仙人般的老爺爺很疼愛孫女小亞。有一天我去他們家玩，小亞把老爺爺的白鬍子編成辮子，尾端用紅毛線綁起來，靠近下巴的地方還別上四、五個紅色緞帶蝴蝶結。過程中小亞還神氣地說：「爺爺，不要亂動喔。」綁好之後，小亞說：「爺爺，可不可愛啊？」爺爺晃著蝴蝶結，擺出一臉嚴肅表情。

長大之後見到小亞，她說：「哎，我爺爺死前已經完全失智了喔，整天只會傻笑。一個人到了只會傻笑的時候，哎，大概也活不久了。」她跟我說這番話的時候，世上並沒有這麼多失智老人。

「我爺爺那個人很難伺候，我媽因此吃了很多苦。只有到了死前會笑咪咪地說『對不起哦』、『謝謝哦』，就這樣笑咪咪地過世了。我爺爺死了以後，我媽變得很輕鬆喲。」

那個時候，失智老人被當作悠哉田園詩般謳歌，認為這是一種為離世做準備的理想死法，宛如一幅溫暖和煦的風景。

五十年後，失智老人多到觸目驚心。

我有一位朋友的母親失智十四年，到了最後兩年，體重只剩二十四公斤，摸她的身體也不覺得那是體溫，簡直和桌椅的溫度一樣，幾乎等同屍體。究竟有何區別呢？意識渾濁，連女兒的名字都記不清楚的時候開始，一直到最後，都用冰涼的手握著我，叫我「次郎長」。

不曉得她究竟知不知道我是誰，她最後對我說的話是：「次郎長是個好孩子。」我這一生，只有她說我是「好孩子」。

總是挺直背脊、充滿驕傲，度過激烈的一生，那個魅力十足的女性到哪裡去了呢？看到她最後面目全非，變成小小的物品般，我都不知道該作何感想。

還有一個朋友，母親失智經常到處亂走，於是她把母親的手和自己的手綁在一起，就這樣看護了好幾年，喝起酒來就像不要命。後來母親過世守靈的晚上，她自己也腦溢血死了。那時我也不知該作何感想。無論任何感想或話語，在這個事實面前都很無力。

人活太久了。

我曾經帶著七十七歲的母親去歐洲旅行。在瑞士俯瞰阿爾卑斯山的少女峰山腰，彷彿有《小天使》的小蓮在那裡奔跑的村落時，母親開心地說：「我願意死在這裡。」我常想，如果那時有隕石從天而降擊中母親，因此喪命，母親會幸福地去天堂嗎？之後過了十一年，母親簡直像鬧劇的主人翁，一會兒問「我是誰？」一會兒問「這裡是哪裡？」「今天是幾號？」因此偶爾看到真正的鬧劇，我會惡毒地說：「你們太天真了。想知道真正不合理的鬧劇台詞，請來看我母親，你們會佩服得五體投地，甚至會認輸向她低頭道歉喔。」

儘管如此，我還是太天真了。搬來這個村子住之後，我發現與自然融為一體、腳踏實地勞動的人，也像小亞的爺爺，猶如田園詩般地老去。

有一天我去荒井家玩，荒井先生說：「昨天我去參加了喪禮。」我問：「啊？誰死了嗎？」荒井先生指著田的那一邊說：「隔壁的老婆婆。」隔壁也太遠了。

「死在家裡嗎？」「不，死在安養院落葉松莊。」「因為失智嗎？」「就是啊，那家人也吃了很多苦哪。」在鄉下種田也會失智？「我還以為鄉下人不會失智呢。」

「住在這裡也很辛苦喔。有人迷迷糊糊走出家門，結果走到山裡去了。因為忽然出門，家人也沒發現，結果第二天死在山裡。去山裡找人很辛苦啊。也有人迷迷糊糊走在路上，結果被車子輾死了。輾到他的人也很可憐啊。」荒井先生真的很了不起，語氣一如往常。

我不好追問，便就此打住。

從隔壁的紅屋頂望過去，可以看到淺間山在冒煙，淺間山也一如往常聳立。

我拆解一百零一歲的人穿過的和服，拆了幾十件。和服真的很不可思議。我邊拆邊想，這個我沒見過的一百零一歲的人，曾經穿著這件和服去了哪裡呢？做了什麼？

繡著黑色家徽的短外褂有好幾件，喪服也有一大堆。是去參加誰的葬禮呢？一生中，究竟參加了多少人的葬禮呢？自己的親族，丈夫的親族，說不定連丈夫同事的法會也去了。丈夫的葬禮也穿過吧。三隻手指抵在地上，不斷向前來弔唁的人磕頭致意吧。有基於人情義理去的葬禮，也有真正哀傷落淚的葬禮吧。

也有藏青色的夏日紗絽和服，紋路美得像流水。我想像著沒見過的一百零一歲人瑞，撐著洋傘，站在橋上往下看的模樣。一百零一歲的人，年輕又美麗，身材苗條，手指白皙。要是搞外遇的話就太棒了。

我一件件拆解和服，覺得和服主人的回憶也逐漸撕裂崩解了。

和服真的很不可思議。在和服店想買一件和服的雀躍心情，和想買名牌洋裝的心情不同。那是一種很深的慾望。只有穿過和服的人知道，即使一條腰帶也能衍生無限樂趣。我在拆解和服時，似乎也感受到這個人得到這麼多和服時的雀躍。

據說這個人到了一百零一歲都沒穿過洋裝，這裡面可能有歷時將近一世紀，一直貼在她皮膚上的衣服吧。可是卻被我這個陌生人拆解，扔進洗衣機。她的一生，就這樣消逝而去。

我不禁想起自己的和服。雖然不是什麼高級和服，但每一件都有我的意願，都是我幾經猶豫迷惘下定決心買的，每一件都我有的執著。可以的話，我誰都不想給。就算帶進棺材燒掉也好，我就是不肯放手。下一個世代，可能沒有人穿和服了吧。說不定會整批拿去當垃圾扔掉吧。也無法區別大島與八丈[18]，變成礙事的東西而消失吧。如果會失智，趁還活著的時候扔掉吧。想著這些，看著一百零一歲的人的櫻花腰帶，還有寶貝的芭蕉布腰帶，我帶著惋惜泫然欲泣的心情，繼續拆解和服。

想說趁失智之前送給喜歡的人吧，可是說不定我覺得還不會失智的時候就失智了。無論多貴的洋裝我都捨得丟，但和服就是不行。我心疼一百零一歲的人的一生，拿出熨斗燙和服。

我把絲綢和服裝進紙箱，打算轉送給做裂織[19]的朋友，裝了兩大箱。也挑了一些有趣的和服，分送給喜歡把和服改成洋裝的朋友。結果剩了一堆毛料和服。把毛料和服拿來當家居服穿，既省錢又耐穿而且很溫暖吧。於是我問一位常穿和服的歌謠老師要不要？老師說：「我才不要毛料和服，我在家不穿家居服的。」因此我也把這些毛料和服拆解了。

朋友看到我做的吊帶褲，說她也很想要，所以我就用毛料和服做了一件給她。接著又有一堆朋友說想要，所以我又做了吊帶褲，一共做了十五件送出去。吊帶褲穿起來輕鬆又方便，可是朋友們穿起吊帶褲，每個都像企鵝。儘管如此，我也鬆了一口氣，覺得至少沒有浪費這些布。但三個朋友穿著企鵝吊帶褲出現在我家時，四個人都捧腹大笑。大家都是可愛的老太婆。

阿誠看到我的企鵝吊帶褲說：「不錯嘛，看起來省錢又方便。」

我專心做吊帶褲時，一百零一歲的人的兒子，突然於七十二歲過世

18・大島綢，奄美大島所產的和服布料。八丈綢，產於伊豆的八丈島，通常為格紋圖案。
19・將舊布撕成條狀，再重新織成新布料，為特殊的布藝。

了。一百零一歲的人，早在很久以前就認不出兒子和媳婦了。因此沒有人把兒子過世的事告訴一百零一歲的人。告訴她又有什麼用呢？

內堀五金行的兒子眼神柔和，看起來是很善良的人。他在店裡做木雕，正在雕一尊很大的佛像。我覺得這尊佛像的臉很像招財貓，於是他立刻雕了一個很小的招財貓給我。

「你母親，會活到一百零一歲喔。」「但願如此。」兒子以招財貓的眼神回答。

今年的楓紅格外美麗。我開車望著這片美景，不由得發出「哇！」「嘎！」的奇怪驚嘆聲，真的美到令人屏息，有時不由得會踩煞車。

稍微下過雨的午後，我邀荒井太太出遊。不下雨的話，荒井太太根本不得閒。我們行駛在楓紅形成的隧道裡，一邊驚艷地說「妳看妳看」、「那裡那裡」、「好美好美」。我問她：「妳想長命百歲嗎？」荒井太太說：「明年我也想賞楓啊。」

我摸著企鵝吊帶褲心想：企鵝吊帶褲啊，妳也曾為某處的楓紅屏息驚艷過吧。妳看，妳看，這個世界多美。

10。老公睡倉庫

以前住在深大寺旁邊，附近民家有一棵巨大的辛夷樹[20]，到了早春，迷濛的天空會浮現純白如氣球的辛夷花。無論多窮，無論多麼不如意，只要看到那巨大的純白花團，就會驚嘆連連，感動到無法自己。一股喜悅從心底翻湧而上，深深感受到自己現在很開心。

當花瓣開始飄落，我已經在期待明年的辛夷花了。有一年，我怎麼找都找不到這棵辛夷樹，原來是被砍掉了。為什麼？為什麼？我茫然搜尋空虛的春空。接著好幾年，只要經過這裡，我的眼睛都會往天空搜尋，確認那莫大的喜悅確實被砍掉後，萬分失落。

這裡的春天是一起來的。山巒宛如在忍笑，慢慢膨脹起來，原本褐色的山，變成帶淡紅的灰色。也有整面山是純白與粉紅相間，那是辛夷花和櫻花一起綻放。每天過得無聊至極的我，看到這幅美麗山景，打從心底感到一陣狂喜，開心得想跳舞。然後山巒又變成沙拉般的青綠色時，我又開始期待明年辛夷花綻放的山色。

想到我死了以後，花燃般的春山也會繼續含笑矗立，辛夷花與櫻花也會照常綻放，我就覺得死不瞑目。

20・屬木蘭科，又名日本玉蘭。

廣永先生和他太太暖子，說要來這個村子蓋自己的房子。只有我知道，我是多麼歡喜雀躍。他們夫妻從找土地開始。廣永先生是凡事都要做得很徹底的人，轉眼間就比我更清楚這一帶的地理環境，甚至還告訴我去超市的捷徑要怎麼走。廣永先生非常執著，他要一塊能看得見淺間山，前方寬廣的土地。

據說德川家的後裔就住在這種景觀之處。我想去問德川家的後裔：「這塊土地是怎麼弄到手的？」結果被一隻白狗狂吠，只好去問房仲。這位房仲就是阿誠。阿誠說：「最近，我沒有賣土地吧。對不對，明美？」還回頭問他太太。

「今年賣了一塊吧，沒水沒電的地方，一百五十萬賣給一個律師。」

「他們在那裡蓋房子住啊？」「就是有這種怪人，說那種地方比較好。」

我和阿誠夫婦，莫名成了好朋友。請阿誠帶我們去看土地，他說：「這塊土地不太好，找更溫暖的地方比較好。」去看大岩石幾乎佔了一半的土地，他敲著岩石哈哈大笑：「這塊岩石怎麼辦？」

過了半年，太太暖子越來越不耐煩，不管帶她去看哪塊地，她都大聲吼叫：「我要這裡就好！」有塊很棒的競標土地可能要敲定時，大夥兒開心舉杯慶祝，但阿誠說：「舉杯慶祝不吉利喔。」結果後來這塊土地果然沒標到。

廣永先生來找阿誠商量，說稍微提高價碼再去談談如何？阿誠斬釘截鐵地說：「不要，我勸你還是死心吧。」

就這樣幾乎一年過去了。

廣永先生的執著似乎上達天聽了。一年前，阿誠曾說：「這塊土地很不錯吧。不過這要等那個老爹死了才有可能賣。」「對啊，這塊土地真的很不錯。」廣永先生眼睛發亮。那個眼神像是任性的小孩一心想要玩具。畢竟這裡看得見淺間山，前面還是一片草原。廣永先生繼續問：「那個老爹快死了嗎？」阿誠說：「不可能啊。」

我聽了很生氣：「那就別帶我們來看這種地方嘛！」新年過後，倒是阿誠的父親死了。

之後又看了幾塊土地，不管看哪裡，暖子都大叫：「哇！好棒哦！好棒哦！」但廣永先生只是默默沉吟：「嗯……」後來不知為何，廣永先生心心念念的那塊理想土地，竟忽然順利敲定了。我決定不問那個老爹是否死了。這次沒有舉杯慶祝。

廣永先生一開始就打算把別處的古民房移來這裡。我們買到土地之前，就翻山越嶺到處看古民房。而且在買到土地之前，廣永先生就決定設計的建築師了。廣永夫婦和建築師甚至遠至東北，不斷尋找古民房，不過我沒跟他們一起去。我忘了是先買到土地，還是先找到古民房，他們給我看照片時，是一棟很舊、很大、稻草屋頂的農家古民房，還附帶倉庫。

我不知道詳細情形，但古民房的拆解和運送都是大工程。拆下來的柱子都要編號，拆解後還要燻蒸什麼的，每一項工程都很嚇人。不曉得廣永先生的執著感動天還是運氣好，居然找到二十幾個學生當志工幫忙。拆解工程結束後，甚至有熱心的土木工程公司年輕老闆幫忙做移築工作。

到了春天，今年也開了滿山的辛夷花和櫻花。阿誠和廣永夫婦來我家時說：「剛好有一棵很大的辛夷樹開花了，要不要去看？」我說：「要要要！」他們就帶我去看了。那是一棵長在農家院子的辛夷樹，遠看和以前深大寺附近那棵一樣巨大，辛夷花開得彷彿撒滿了白粉，整棵樹也像氣球一樣，正值綻放時期。我們猶如身處夢幻，看得如痴如醉。

「他們說要把這棵樹砍了，我說我要，斷根之後搬走。可是他們光運費就超過一百萬，所以我就放棄了。不過這棵樹砍了實在太可惜。」「為什麼要砍掉？」「他們說要重蓋房子，這棵樹很礙事。廣永先生要不要？」「嗯，要一百萬啊，我沒辦法哪。」於是我問：「那樹木多少錢？」「不用錢。」「樹免費？」「對。不過這麼大的一棵樹，就算移植了也不曉得活不活得了，這也是一種賭注啊。」

結果仰望大樹的暖子大聲說：「這個我買！用我的錢買！」廣永先生頓時驚呆了：「暖子，妳要怎麼買？」「我有私房錢呀。我有錢。阿誠，我要買。」暖子說得斬釘截鐵。「暖子，這是賭注喔，不曉得養不養得活。」我驚愕之餘也變成瞻前顧後的人。「沒關係，就算養不活也沒關係。啊！好開心！」暖子說。

這天晚上，建築師伊鄉先生也和我們一起吃晚飯。暖子和我都處於興奮狀態，雀躍無比地說「絕對養得活」、「就是啊，一定養得活啦」。男人們說「女人真的很嚇人」、「膽量就是不一樣」。我看得出男人們打從心底尊敬暖子，對她俯首稱臣。人類總是如此。

「只要有了那棵樹，整個家就會氣派起來。問題是要種在哪裡。」

於是他們決定六月底移植這棵樹。

那天早上，我去看移植情況。一棵從沒看過的大樹，根部用稻草仔細包得渾圓，樹幹也用稻草確實裹起來，斜放在一台九噸的大卡車上。那個根部的直徑有兩個人高。

當這棵樹被起重機吊起來，我和第一次看到美國大峽谷的情況一樣，莫名激動哽咽，熱淚盈眶。

稍早之前，阿誠跟我說：「植樹店的師傅長得跟歌舞伎的演員一樣，是個型男喔。」我壓根兒沒放在心上。這回他指著那個師傅又說：「妳看，那個就是歌舞伎。」我定睛一看，「歌舞伎」是個身材修長的中年男人，蓄著小鬍子，在指揮手下做事。但我也只是「嗯」了一聲，心神完全被大樹吸引了。

橫放在地面的大樹，又被起重機吊起來，放進巨大的洞穴，矗立了起來。看到這一幕，我又像看到美國大峽谷的感動。當「歌舞伎」身手矯捷爬上大樹時，我突然心頭一驚，轉頭看暖子，暖子小聲說：「天啊，居然穿膠底分趾鞋，簡直帥到犯規。」

「歌舞伎」的額頭還綁著手巾。我說：「那條手巾，不是普通的手巾喔。」「歌舞伎」像沒有體重似的，身輕如燕，在樹上跳來跳去，指示手下切除多餘的樹枝。完全沒有多餘的動作，簡直像足球高手。

當他張開大腿，單腳踩在上面的樹枝，咻地又跳到另一根樹枝時，我也對暖子說：「沒有比膠底分趾鞋更帥的鞋吧。」到了喝茶休息時間，我走去「歌舞伎」那裡問他：「這條手巾在哪裡買的？」他說：「哦，這個啊，這是我老婆做的。這個叫久留米絣[21]，我不知道這裡叫什麼。」把拼布般的手巾拿給我看。

下午他們在工作時，我們蹲在地上看。「他有老婆耶，還說那條手巾是他老婆做的。他全身上下都穿藍色系的。」我這麼一說，暖子回道：「真討厭，居然有老婆。」接著還命令廣永先生：「喂，老公，拿望遠鏡來！」出神地看著「歌舞伎」。

這棵辛夷樹有二十二公尺高。種好以後，「歌舞伎」用稻草在樹幹旁圍成一圈，形狀美得像放射狀的麥田圈。我看了深深佩服。接著「歌舞伎」又拿來包著禮簽紙的一升酒，均勻灑在稻草上。然後大家面向大樹合掌致敬。這時我深信，這棵樹一定養得活，畢竟連敬神的酒都獻上了，神明一定看到了。

我們帶著興奮的心情回家吃晚餐，暖子滿心期待地說：「我好希望春天趕快來。到時候我家院子會開這～麼大的辛夷花喔。」還呵呵地笑說：「那個師傅真是帥翻了！」當我們女人興高采烈在聊那個師傅時，廣

21・日本福岡縣久留米市所產的藏青色棉織布，需經三十多道工序織成，與備後絣、伊予絣並稱日本三大絣。

永先生說：「我也有膠底分趾鞋喔。」暖子沒給他好臉色：「可是你那個鮪魚肚……」

「可是我也有手巾喔。」廣永先生從口袋掏出手巾。結果是一條印有很多可愛兔子跳躍的灰色手巾。

這次移植的費用花了六十萬。我問暖子：「妳是怎麼存私房錢的？」「我老公出差一晚不在家，我就跟他要一萬塊。因為他害我在家裡寂寞，這是懲罰。」女人了不起，真的很了不起。

話說回來，我的運氣實在太好了。即便失去深大寺附近的辛夷樹，雖然那棵樹不是我的，但這麼多年來我一直很想念那棵樹，這回那棵樹宛如重生，出現在暖子家。純白辛夷花樹的前方還能看到淺間山。我實在太幸運了。

「等花開了以後，我們坐在簷廊喝茶吧。」「還有簷廊啊。」「有喔，有很長又很寬的簷廊喔。」暖子拿古民房的平面圖給我看。「這是什麼房間？」「這是我的房間。」「這個呢？」「這也是我的房間。」「那這個呢？」「也是我的房間。」「那廣永先生的房間在哪裡？」「倉庫，倉庫。」

女人真偉大。在辛夷花的簇擁下，女人真的很偉大。

11。不正常

附近有個溫泉，而且這溫泉還有個很詭異的名稱「尻燒溫泉」22。雖然我只知道名稱，但這個名稱聽過一次就忘不了。

有一次受邀去衿子家吃飯，席間有很多我不認識的人，其中一位大叔說：「我和朋友在尻燒溫泉，做了一處溫泉場。」這怎麼回事？哦，原來尻燒溫泉指的是一條溫泉川。我從沒看過，居然有流著熱水的河川。

而且聽說誰都可以去泡。可是光著身子進入河川也不太好，所以這位大叔和朋友們，用混凝土做出一個三坪大的四方形場所，還做了屋頂和圍牆，打算自己去泡溫泉用。但大叔也說：「其實這是違法的。」

酪農家的小節，憑自己一個女人養了很多牛，帶大三個小孩。她活力充沛，而且比我年輕。聽說她早上四點就起床了。阿誠和小節是小學同班同學，阿誠說，小節養的牛很了不起，是日本牛隻品評會的第一名。談到尻燒溫泉，小節也豪爽地說：「我也常去喔。又忙又累的時候，有時到了晚上十點才去。那時候大概都沒有人。那裡的溫泉真的能消除疲勞。」

我問地點在哪兒，大叔畫了地圖給我。「路旁有一條像動物在走的小路，入口處圍了一條繩子，還掛著禁止進入的牌子，跨過那條繩子直直走，看到一個藍色圍牆就知道了。往六合村的那條路直直走就不會迷路。」

22・尻為日文漢字，屁股之意。

翌日傍晚，我毫無目的在路上開車時忽然想到，對哦，去尻燒溫泉吧。既然小節說她都晚上十點去，應該沒那麼遠。

抵達長野縣的原町，天色幾乎暗了。駛上六合村方向的道路，天色已然全黑，而且看不到半戶人家了。我想起地圖上的六合村是個細長的村子，尻燒溫泉好像在地圖最上方。我不斷行駛在上坡道，一直在爬坡，左邊應該是很深的深谷，但天色昏暗什麼都看不到，只能在黑暗中持續前進。四周沒有房子，也沒有燈光。我只能提心吊膽在黑暗中前進。

心情越來越忐忑。行駛了二十分鐘也沒有碰到一輛對向來車。後面也沒有車。更何況在暗夜裡。我真的很怕很怕，這跟寂寞不一樣，真的嚇死我了。行駛了三十分鐘依然在黑暗裡。心跳開始加速。雖然也心想回頭吧，可是又想說都來到這裡了，折返太可惜。可是，太恐怖了啦！

我又繼續開了二十分鐘，恐怖已然成為黑暗本身向我逼近。這種恐懼不是有熊跑出來那種恐懼，也不是有強盜持槍跳出來那種恐懼。我渾身起了雞皮疙瘩。那種恐懼像是被妖氣籠罩著。要是熊出來了，我反而覺得慶幸，想直奔熊的懷裡向牠訴說：「啊，太好了，我好害怕哦。」

我父親的膽量過人。我有個弟弟五歲死了，土葬過了一年，父親居然半夜兩點去挖他的墳墓。然而如此膽量過人的父親說，他一生最怕的是高中時期，在伊豆山裡露宿一晚的時候。那時是父親和朋友兩個人。我想起他說山的恐怖是很詭異的那種。

我不知道他說的恐怖是不是妖氣或靈氣，但我在車裡似乎明白了。我也不知道為什麼。我怕到連折返都不敢，只能繼續前進。而且恐怖沒有最恐怖，只有更恐怖。

後來，膽戰心驚逐漸混入欣喜雀躍。獨自挑戰離奇冒險的英雄感，逐漸與恐怖摻雜。哦！我活著啊！我刺激地活著！這是恐怖教我的事。

到了這時，我甚至湧現一種無論如何都要達成目標的使命感。啊！原來冒險家就是這種心態格局很大的人。就如我沒折返一樣，他們也繼續前進。可是我已經快到極限了，快要無法忍受了。

此時，前方出現了那條唯一的道路，路燈已然點亮，前方有一座橋。我在路燈下停車，喘了一口大氣。可是不知道橋下的水是不是溫熱的。橋邊有一條小路，入口綁著一條繩子，也掛著「禁止進入」的牌子。我跨過繩子進去一看，結果這條路根本稱不上路，只是一條踩倒草叢的細細小徑，我沿著被踩倒的草叢，摸索前進。可是河川的水在很下面的地方。四周一片漆黑，根本看不到什麼小屋。我四肢著地，爬行前進，然後從幾乎垂直的河堤滑了下去，膝蓋受到強烈撞擊，但我還是匍匐前進摸到了水。水溫溫的。是這裡沒錯。可是應該有更熱一點的地方吧。

到處都是大石頭。我脫掉黑皮鞋放在大石頭上，又脫掉牛仔褲放在旁邊的石頭，然後摸著大石頭慢慢走，突然一個踩空掉到深處，水位高及我的胸部。我脫掉內褲和白T恤，放在石頭上。雖然變成全裸光溜溜的，可是沒人會來所以無所謂，更何況暗到伸手不見五指。然後我就這樣泡在水裡，到處摸水，執意要找到水溫剛好的地方。

結果真的被我找到了。水溫還頗熱，很舒服，也剛好有顆石頭可以放我的頭，全身都泡進溫泉裡。我伸長身體，仰望夜空。有星星耶。這時我深深覺得，人的眼睛就像貓一樣，可以逐漸在黑暗中看見景物。我也逐漸能模模糊糊地看到我的身體。真是怪了，腳又長又白，我好像變成了人魚公主。年過六十還能覺得自己的身體像人魚公主，真是太美好了。

接著也看到了遠方的燈火。那是旅館吧。我已經完全不怕了。心想，好吧，回去吧，卻看不到我把衣服脫在哪裡。定睛一看，遠處有個白白的東西，那是我的白T恤。於是我又匍匐前進，找到了白T恤，也穿上了內褲。可是找不到黑色牛仔褲。我急得都快哭了，卻也只能繼續摸著石頭，邊走邊找。當我穿上牛仔褲時，心頭落下了好幾塊大石頭。

但是要爬上河堤時，我又搞不清自己是從哪裡滑下來。河堤陡直矗立，連路都找不到。說不定路不見了，雖然那根本就不是路。

於是我豁出去了。就算懸崖，也有看起來像階梯的路，不可能完全不能爬。非爬上去不可。於是我抓住細小的樹。用力一抓，樹竟然被我連根拔起。我的腰受到激烈撞擊。這回我改抓草，大把大把地抓，終於稍微往上爬了點。看到河堤壁的大石頭，我把手放在石頭上，結果石頭跟我一起滾了下去。於是這回我像青蛙一樣，攀附在石頭上。

究竟是怎麼爬上來的，如今我已記不清楚。只是那時深深覺得，原來「拚命」就是這麼回事。可是不管我怎麼爬都沒有路，心想算了，我就變成熊，變成狐狸，變成山豬，撥開樹枝，攀著長春藤般的東西，朝著可能是來路的方向緩緩前進，途中還忽然撞到大樹。

當我看到車旁的路燈，心想，啊，得救了。登山客抵達聖母峰的登山基地，大概就是這種心情吧。嗯。回程我已經完全不怕，覺得自己也算得上冒險家了。即使格局不同，我覺得完成了前人未逮的壯舉，而且很想跟別人炫耀，我是人魚公主，還有那片星空。

剛好朋友來到附近的別墅，我前去探望，到了玄關就大呼小叫：「我去尻燒溫泉回來了喔！」

「妳怎麼啦？一身泥巴，手臂還在流血哪！」我的雙臂滿是刮傷，當時並不覺得痛，現在一看忽然痛了起來。我精神奕奕，神氣活現，很跩地詳細說出我引以為傲的冒險。

不料朋友卻不以為然：「妳不正常喔。」一點都不佩服我。這種反應和我對獨自橫越太平洋的堀江謙一[23]及植村直己[24]的反應一樣，你們在幹什麼呀，為什麼要花錢又拚命去做這種毫無用處的事？

只是自己高興吧。看到沒人見過的雄偉美景，開心得要命吧。要做的話，只有天涯孤獨的人去做吧。有妻小、父母、兄弟姊妹的人，千萬別做。孤獨地與雄偉大自然奮戰是要拚上性命的，所以很有趣吧。可是覺得有趣的也只有自己。既然明知可能喪命還要去，到時候下落不明，也不用

23・崛江謙一，海洋冒險家。曾創下獨自航行穿越太平洋、環繞地球一圈等創舉。
24・植村直己（一九四一～一九八四），冒險家，第一個登上聖母峰的日本人，也是世界首位成功攀登五大陸最高峰。於一九八四年二月十二日成功獨自挑戰冬季北美最高峰麥金力山，隔天下山途中失聯，未發現遺體，具體死亡日期不明。

花大錢去搜尋。我是這麼想的。

有一次我仰望聖母峰，對它的神聖莊嚴感到恐懼，大自然和眾神是在一起的。面對這種神聖，人只能拜倒。也讓我明白，這個能喚起人類渺小心靈產生喜悅與虔誠敬意的奇蹟，是不可侵犯的。對於長久住在這裡的人，那些山峰一直都是神明本身吧。

偏偏就有笨蛋不懂得害怕，居然要爬上那個神聖的神明本身。用腳弄髒了神明，失去了身為人的感受性的笨蛋。我仰望聖母峰時，火冒三丈，覺得被弄髒聖母峰的人強暴了。「為什麼要去爬山呢？」一般人會這麼想吧。「因為那裡有山。」「為什麼強暴呢？」「因為那裡有女人。」這樣說得通嗎？

隔天我脫掉內衣，看到渾身都是黃色、紅色、紫色的瘀青，簡直像一頭詭異的豹。看到這些瘀青，骨頭和肌肉突然痛了起來。

朋友蜂擁而至，嚷著說：「我也要去尻燒溫泉看看。」那是大白天，我開著車，朋友們七嘴八舌地說「咦？妳是走這條路去的啊？真是難以置信。」「還沒到啊？好遠哦。」「不敢相信。」「還沒到啊！太不正常了啦！」「喂，到底還有多遠？」真是吵死了。

終於看到那座橋。我站在橋上一看，整個驚呆了。河灘上到處是石頭，一片深咖啡色又髒兮兮的景觀。可能是含鐵成份頗高的溫泉吧。昨晚我還以為，那是黑色或灰色的石頭。昨晚我還以為，我是人魚公主呢！所謂冒險就是挑戰神聖之物啊。

「妳從這裡進去？真是難以置信。」

即使如此，朋友還是走進那條動物小徑。那位大叔的藍色圍牆違法溫泉，只在我滾落河堤處的兩公尺前方。「妳不正常喔。」朋友又這麼說，之後每次喝酒都說：「尻燒溫泉，跟妳的人生完全一樣嘛。動不動就亂闖亂衝，弄得傷痕累累。」年過六十還被這麼說，實在傷腦筋。不過在那個妖氣與靈氣的籠罩下，有種興奮又刺激的充實感。我認為做了比不做好。

據說植村直己的八十三歲年邁父親曾仰望天空說：「我兒子，做出這種對國家和鄉里完全無用之事，大家卻如此關心他，真的很過意不去。」

12。那怎麼辦

近來我健忘所導致的問題越來越多。因為我從以前就漫不經心，所以我決定怪我自己。可是要怪自己漫不經心，我又沒自信，因為我總懷疑失智是不是終於找上我了。每當想到這裡就毛骨悚然。

「妳不是說星期三嗎？」「我說的是二十三日喔。」星期三不是二十三日。兩人都無法釋懷。

「今天要去○○家參加聖誕派對，妳沒忘記吧。」一早佐藤就打電話來提醒。「嗯，嗯，我記得喔。」其實我忘記了。

而且昨晚，我還和明美約了今天要去逛 Outlet。昨晚開始下大雪，現在雪依然無聲下著，窗外一片銀色世界。我心想，完蛋了，我要說謊，我要說謊才行。電話響起，是明美打來的，「洋子，妳今天幾點能去？」「雪下得很大耶。」「這種日子一定不會塞車喔。」明美很興奮。抱歉，抱歉，對不起哦。「可是路況沒問題嗎？」「不要緊，不要緊。洋子妳會怕啊？」

「有一點。」其實我根本不怕，「因為我沒自信，要不要天氣好一點再去？」「妳不去啊？」明美的語氣顯得很失望。我知道她很忙，好不容易才騰出時間。「嗯。」「那，改天再去吧。」「嗯，改天再去。」

我說謊。我說謊。我是騙子！

然後我拚命做豆皮壽司，裝進漆器木盒。佐藤和麻里，認為我只會做豆皮壽司。為了以防萬一，我總是先把炸豆皮滷好冰在冷凍庫。

我想起佐藤說要準備五百圓左右的禮物，可是因為我忘記了，當然沒準備。不過我有十件印有我插畫的運動服，那是之前請關先生用運動服代替稿費支付給我的。上面畫的插畫是，小熊住的山間小屋遭小偷的情景，或許怎麼看都不是愛漂亮的成人會穿的衣服，可是情況緊急，我也顧不了那麼多，趕忙用包裝紙包起來，再繫上緞帶蝴蝶結。光是繫上緞帶蝴蝶結，看起來就有模有樣了。

接著我連忙換上外出服。因為在這一帶走動時，我總是穿著髒髒的短外褂，要是穿外出服，大家都會知道我要外出。而且我經常在路上碰到明美或阿誠，所以去佐藤家，絕對不能經過明美他們的事務所。

有一次，我從東京回來，明美問我：「洋子，妳去了東京啊？」「咦？妳怎麼知道？」「我們事務所的小稻，說在星野溫泉前面和妳擦身而過哩。」阿誠的事務所有二十幾個年輕員工。

我心驚膽跳開著車，走在幾乎沒車的國道上。其實我也可以跟佐藤說謊，可是之前也因為撞約，麻里罵我是「放鴿子洋子」，所以我選擇赴佐藤和麻里的約，單純只是自私，為了不讓自己的風評變得更糟。我行駛在白雪覆蓋的山頭下坡道，腦袋裡茫然想著。

昨晚，電視壞了。怎麼按遙控器都開不了電視。遙控器才剛換過電池，所以我一直認為電視壞了。當我茫然看向遙控器才發現，原來我拿的是電話。

還有，大約一年前吧，我打開冰箱整個驚呆了，裡面居然放著三個洗好的咖啡杯。又過了一陣子，我打開冰箱，裡面竟然放著磨缽和研磨棒。

找不到連帽大衣。那麼大一件衣服，我究竟放到哪裡去了？最後一次穿到底是什麼時候？我跟妹妹說，我的大衣不見了，她說：「一定在家裡啦，仔細找一找。」可是我大衣一整年都掛在外面，從來沒收起來過。

儘管如此，我還是去翻找亂七八糟的塑膠收納箱，「咦？怎麼有這種東西？啊，對哦，我確實有這個東西。」就這樣出現一堆乍看陌生的物品。我不禁心想，要是都被偷走了，我可能到死都不會發現吧。我算是很少購物，可是買了什麼都記得嗎？譬如剪刀，我已經不知道買幾把了。因為那些東西好像會突然神隱。

同樣的老花眼鏡，我配了三副。如今只剩一副。另外兩副，很詭異地在同一天不見了。

我翻找書桌的抽屜，竟找出四個眼鏡盒，但裡面都是空的。再往抽屜深處找，出現了一副隱形眼鏡。這副隱形眼鏡是配來備用的，但我突然覺得不對勁，衝去洗手間。剛才找眼鏡的時候，也找到一副備用的隱形眼鏡。包包裡也放了一副。還有一副現在戴在我的眼球上。所以我到底配了幾副隱形眼鏡啊？

我是個大近視，摘掉隱形眼鏡等於幾乎全盲。以前在米蘭，有一次到了朋友該來接我的時候，我看到宿舍外已經停了一輛白色小車，便坐進副駕駛座：「讓你久等了。好，走吧。」結果車裡坐的是個義大利大叔：「好啊好啊，我們走。」我大吃一驚連忙下車。義大利大叔竟大聲唱起歌來：「再陪我五分鐘嘛。」

前一天，我把兩片隱形眼鏡連水一起喝了下去，因此那時只能看到一個模糊的白色物體。從那之後，我對隱形眼鏡有點反應過度，但配了三副備用也太誇張，而且我連什麼時候配的都忘了。

最近，一天至少有十來次，我會站在家裡呆愣。想要拿什麼而起身，走個兩、三步，卻已經不知道自己要去拿什麼。我母親開始失智時，看到她呆然站著，我的心情實在五味雜陳。

若要說我和她有何不同，頂多就是我會發出聲音說「奇怪？」或「咦？我要去拿什麼來著？」新的名字，全部忘光光。工作上的傳真或信件，也幾乎忘光光。

即使對方說：「我是前幾天寫信給您的某某。」我也完全一頭霧水，連愛面子的力氣也失去了，只能乖乖地問：「請問是什麼信？」看來我已經被社會抹殺了吧。

佐佐木幹郎[25]常來鹿澤的山間小屋，有一次我去見他，跟他說我已經開始老年癡呆的事，比我年輕很多的幹郎說：「這種事常有啦。像我上星期已經交代年輕小伙子做一件事，我居然忘了，結果同一件事我又問他：『這要怎麼辦呀？』他都快受不了我了。」

「幹郎脾氣好啊。我根本就一副『這是什麼來著？』全部忘光光。」我這麼一說，幹郎竟說：「能這樣堂堂地癡呆，世間會認為果然是大人物喔。」我大吃一驚，深深佩服世上竟然有這種想法。但我怎麼想都不是大人物，所以心情變得更沮喪。

「所以妳什麼事都要筆記下來才行。」他如此教我，但我連寫過筆記都忘了。而且記事本不曉得掉到哪裡去，我趴在地上找了又找，連桌下床下都找遍了。結果是跟一本讀到一半的文庫本掉在一起。我根本也忘了這本文庫本讀到一半。

日前我去佐藤家問他：「我要去量販店，你要不要買什麼？」佐藤說了令我開心的事：「啊，我也非去不可，可是我忘了要買什麼東西哪。說不定路上會想起來。」在櫃台結帳時，佐藤雙手都拿著東西，我說：「太好了呀，你想起來了。」結果他回答：「呃不，我覺得我要買的好像不是這個。」

荒井先生的記憶力驚人，我常認為荒井先生可以當學者。而這樣的荒井先生也說：「我不會跟同一個人講重複的話。」讓我更加佩服他，可是這句「我不會跟同一個人講重複的話」卻至少跟我講了三遍。還有他小時候偷了十塊錢，被綁在山裡的大樹上，我也不曉得聽過多少遍。雖然每次聽都很有趣，但也不免覺得連荒井先生都有些忘性了。啊，為什麼別人健忘時，我會如此高興呢。

我問荒井先生初戀情人的名字，他能確實回答是故鄉的「須田金子，

25・日本詩人。

熊谷登美子」。好像是念小學的時候，那時級任老師的名字是根岸克惠。這麼說來，我小學一年級的老師是魚住靜，有點喜歡的男生姓花畑。我不禁深深體會到，人的大腦是從外側開始毀損。

有人說「只要不會忘記昨天晚餐吃什麼就沒問題」，可是要想起昨晚吃什麼，我也得花上一段時間。

別人送我的東西，或我送別人的東西，我一下子就忘記了。有一次人家送我醬菜，我拿了一半去分送給麻里，結果麻里說：「什麼啦，這是我送妳的耶！」

服部家九十四歲還很硬朗的老奶奶，曾經連兩次寄橘子給我。想到那個老奶奶，我就覺得自己的胃縮了起來。我六十四歲，我會煮花豆，放點奶油，裝進保鮮盒，寄給東京的許多朋友，結果被朋友說：「喂，洋子，妳之前寄來的花豆還沒吃完呢。」實在太悲慘，我的腦袋竟然已經九十四歲了，嚇得我驚慌大叫。

雖然每個人隨著年齡增長，記性會越來越差，但我好像特別嚴重。說不定我已經開始失智了，因此特別注意電視上的老人失智節目。是不是幾乎都需要看護？新的失智安養設施是如何在苦心經營？雖然是以神智清醒的立場在看，但我覺得自己和待在那裡的母親一樣。

居然還被迫唱歌。雖然我母親從以前就喜歡唱歌，但那種開心唱歌的時期早就過了。看起來像嘔氣鬧彆扭的時候，也只是動也不動，凝視固定的一點。我可不要這樣。不僅被迫唱「開了，開了，鬱金香花開了」，而且還要邊唱邊拍手。我可不要這樣。看護還故意以童稚的口吻，在耳邊大叫：「你看，你唱得很好嘛。」

那要怎麼辦呢？似乎也沒辦法。於是我買了一堆老人癡呆症的書，或失智症的書回來，戰戰兢兢帶著恐懼與好奇心，認真閱讀。可是讀了又能怎麼樣？似乎也不能怎麼樣。只好一本本送給朋友。因為父母失智的人到處都是。

「洋子，哈哈哈，妳又送了同樣的書來喔。」怎麼辦？似乎也沒辦法。

原本體格壯碩的母親，如今已瘦得剩皮包骨。即使身體萎縮，瘦到只剩骨頭，卻也重到令人毛骨悚然。我認為這不是肉體的重量，而是八十九年的人生重量。

母親說：

「我出生的時候啊，對啊，那是我很小很小的時候。」

我想起我兒子三歲的時候問：

「我第一次見到我自己，是在什麼時候？」

13。一無所知

「欸，姊……」話筒裡傳來妹妹異常壓抑的聲音。平常說話總是口若懸河的妹妹，沉默了片刻。

「怎麼啦？出了什麼事嗎？」「……」「到底是怎麼了嘛？」「……我跟妳說，聽說小孔死了。」我頓時啞口無言。頭變成了頭蓋骨，裡面全部在沸騰。「姊姊。」「……」「姊姊。」「……」「……妳還好吧？」「……在哪裡？什麼時候？怎麼死的……」「腦梗塞倒下的。在舊金山。聽說那時在打高爾夫球。」「什麼時候呢？」「這我不知道啦。」回過神來，發現我拿著話筒癱坐在地。我一直抓著話筒，看著灰色的電話機。其他看得見的東西似乎都從世界消失了。

小孔是父親友人的兒子，我們住在北京時，他包著尿布，在我家客廳爬來爬去。尿布裡滲出的屎尿，就那樣擦在我家水藍色的波斯地毯上。當時我默默站著看這一幕。

只要想起這一幕，當時的臭味和水藍色地毯就一起復甦。而且我常常忽然想起這一幕。六十年來，我一直記得這一幕。所以此刻我驚愕萬分，那個小孔已經六十二歲了。我每天都被迫牢記自己六十四歲，但我想都沒想過，小孔也六十二歲了。

有一次，去大連的小孔家，桌上的肉包子堆得像小山，正當我心想，好，吃吧，居然停電了。肉包子消失在黑暗裡。我的記憶只到這裡，怎麼想都想不起後來有沒有吃到肉包子。但只要想起消失在黑暗中的肉包子，我的嘴裡就滿是口水。中國的肉包子真的很好吃。回到日本後，因為想念那個滋味，我到處去吃肉包子，可是一直吃不到那個放了很多白菜的多汁肉包。一邊吃著肉包子，一邊覺得味道不太對的時候，我一定會想起消失在黑暗裡的小孔家肉包子。與其說是想起肉包子，其實我眼前突然出現一片黑暗。

遣返回國，我離開山梨的鄉下老家，小孔一家竟然在靜岡。如今想想真的只是巧合，然而當時還是小學生的我，並不認為這是巧合，也不覺得特別高興，只覺得理所當然。當小孔的父親說：「洋子的成績都是五分喔！」小孔不以為然地說：「哼，那種鄉下地方，理所當然吧。」小孔說得沒錯，確實如此。自從離開那個同學只有二十人的山梨**超偏僻鄉下地方**，我的成績從來沒有出現全部五分。

後來小孔一家人什麼時候搬去東京，我已經記不得了。變成高中生的小孔，曾經穿著髒髒的學生服，突然跑來我家。不曉得來過多少次，每次都很突然。記得有一次，他坐在我家的暖爐桌邊，張開雙腿，把咖哩鍋夾在大腿間，然後將白飯倒進鍋裡，大口大口吃著咖哩飯。那個吃相實在太豪邁，我看了很感動。連我母親也很感動，每次感動之餘就問他：「小孔，你要不要娶我們家的哪個女兒當老婆呀？」可是小孔那個體格，日常的言行舉止，還有那粗黑的劍眉，散發出一種大人物的氣息，若非上好人家的女兒，可能配不上他那種氣場。

那時的小孔不洗臉也不刷牙。每當他低聲含糊地笑說：「太麻煩了啦。」我覺得與其說髒，倒是有一種奇妙的格局感。我十八歲去東京後，經常去小孔家。因為我們年齡相近，所以我都跟他聊天。至於聊了些什麼？反正就是天南地北什麼都聊。

我窮得一貧如洗，簡直是赤貧，朋友也幾乎都是赤貧，經常連搭公車的十塊錢都沒有。我曾和男性友人一起去小孔的家門口，把還在念高中的小孔叫出來，開口向他借錢，結果他從髒髒的學生褲口袋掏出一百塊給我，而且還一臉擔心的樣子，身體斜斜地從門口探出上半身，一直看著我們。小孔家以小孔為首也有四個小孩，我不認為他們家很有錢。

有時我會去小孔家住，鋪著棉被，和他的弟弟們睡在同一個房間。六〇年安保鬥爭時，我去參加示威回來，小孔問我：「洋子，妳幹嘛去示威呢？」我頓時為之語塞。因為當時的氛圍就是一定要去呀，全日本都在吶喊「反對安保條約」。小孔就讀的高中應該也很激烈才對。

「小孔，你不去啊？」「我才不要去。為什麼妳要去呢？」「因為很好玩啊。」「我想也是，我的朋友也都這樣。可是我討厭這種事。」

這時，隔壁房間傳來伯母的聲音：「快點睡啦，你們一直講話我們怎麼睡得著。」於是我們安靜了一陣子，然後又低聲開始聊起來。最後伯父大聲喝斥：「給我睡覺！」

那時我連安保條約的條文都沒好好看過，真正仔細閱讀是五十歲以後。我猜當時跟我一起手牽手一起高喊抗議的朋友，大概也跟我一樣。

小孔上了大學，加入話劇社，好幾次來拜託我畫學生話劇演出的海報。那時我剛開始上班。他們演過沙特《骯髒的手》，還有田中千禾夫《瑪莉亞的脖子》。我還和他去過網版印刷廠好幾次。伯母曾憂心忡忡跟我說：「他開始演戲後，整個變了一個人。」

我結婚後，他也常來我家玩。有個夏天，他來我家玩時，原本一臉黝黑竟然變得很白，還斯文了起來。「小孔，你怎麼啦？臉變得好白哦。」「我在上班了呀。暑休期間用檸檬敷臉。」我覺得我遭到了背叛。他在一家大型貿易公司上班。如今回想起來，以前小孔的臉長得很難看，簡直像壓扁的李奧納多。

時而他也會突然來我的工作場所，穿著西裝，拎著公事包。他似乎也慢慢習慣穿西裝了，而我也慢慢習慣這樣的他。小孔來我的工作場所時，常常屈膝坐在桌邊，一坐就是好幾個小時，下巴抵著桌面，一臉好奇地看著我工作。小孔越來越像貿易公司員工。這是當年用大腿夾著鍋子，大口吃咖哩飯的小孔嗎？

「洋子，妳知道我經手的錢有多少嗎？上億喔！上億！」我瞠目結舌看著他：「你在做什麼？」「跟妳說妳也不懂啦。」那時的小孔已經快三十歲了。「我還以為貿易公司的人是在賣罐頭說。」

小孔越來越像貿易公司員工，怎麼看都只像貿易公司員工。「小孔，你不結婚嗎？」「到了三十歲就結婚。現在我媽手上，有六張相親照片。

我拿來給洋子挑好了。」我聽了怒火中燒。「小孔，原來你是這麼不認真的男人啊。這種男人很討人厭喔。」小孔露出奇妙的從容笑容。然後到了三十歲，他真的相親結婚了。接著不曉得什麼時候調職去美國了。

過了幾年，我去紐約時也和小孔吃飯。他拿照片給我看。照片的房子像美國電影的郊區房子，乾淨得一塵不染，還有非常美麗的太太和小孩。那時他也擺出奇妙的從容笑容，看起來像在跟我炫耀。在這棟房子裡，他不可能把咖哩鍋夾在兩腿之間吃。我是他包著尿布在地上爬就認識的老朋友，但如果我現在才認識小孔，我可能不會跟他當朋友。因為我們生活的世界不一樣。

這時我心想，我們是特別的。因為從小就認識，才能有這種深厚的友誼，覺得很慶幸。就算小孔成為賣魚的，我們的感情也一定一樣吧。

後來小孔去了舊金山，突然常打電話來，並沒有什麼特別的事，但我接到他的電話總是很開心，也有一種奇妙的安心感。他的聲音越來越像他父親。最後一次見到他，是在他父親的喪禮上。「小孔，你連長相都變得跟伯父一樣了呀。」那時我們已經年過五十。年輕時，小孔的臉長得像五月五日男童節壓扁的人偶，但現在這張臉變得成熟穩重，威嚴氣派。我們並肩走在墓園的小徑時，我不禁暗忖，我們真的活過了很長的歲月啊，如今我成了老太婆，小孔變成氣派的老爺爺。

走著走著，小孔說：「洋子，妳有錢的話，存在美國的銀行比較好喔。我會幫妳辦所有的手續。」「我哪來的錢啊。美國不要緊嗎？」「柯林頓幹得不錯唷。」

兩年前，他又突然打電話來：「我寄櫻桃給妳。告訴我地址。」那時妹妹剛好來我家，「小孔是怎樣啊，加州的黑櫻桃根本不好吃。」過了不久，櫻桃遠渡重洋來到了我家。這是我最後一次聽到小孔的聲音。

此刻聽到小孔死了，我癱坐在地，這些往事瞬間浮現腦海。聽說人瀕死之際，一生的事會像跑馬燈在腦海迴轉。而我和小孔的記憶，也像幻燈片一張張閃現。

然而我和小孔認識了六十多年，除了幾張猶如照片般閃現的記憶，我對小孔一無所知。他做的是什麼樣的工作？有怎麼樣的朋友？怎麼樣的家庭？他是個怎麼樣的丈夫？怎麼樣的父親？我完全一無所知。甚至他是什麼樣的兒子？什麼樣的哥哥？平常都在想些什麼事？我依然一無所知。他的興趣是什麼？喜歡什麼？討厭什麼？活得很簡樸？還是很虛榮？也都不知道。

什麼都不知道，我覺得很遺憾。我沒想到他會死得這麼突然。從孩提時代就認識的朋友，只有小孔一人。我原本毫無根據地認為，我會先死。不，我連這種事也沒想過。總覺得小孔一定還在某個地方。「我好想再見你一面啊！」我拍打地面說。一邊拍打，一邊想著：「一個人住，這時候真的很方便。」沒錯，哭了也無所謂。想到這裡，我放聲大哭。

四十九日那天的清晨，我五點半出門。天色還有點暗，雪倒是一片白亮。駛下山路後，對面看得到淺間山。正好是日出時分。枯木空出的地方染成紅色，雲也染了漸層的橘色、粉紅、淡紫，淺間山左方則是一片通透的粉紅。

啊，極樂世界。那裡是極樂世界。我認為小孔讓我看見了極樂世界。

小孔之死給我帶來的衝擊，是一種從未感受的落寞。和父親死的時候不同，也和哥哥死的時候不同。我們老了，也更接近死亡了。今後還要活下去就表示，周遭的人會像這樣和我們永別。老，就是如此落寞的事。

一個月前我還拍打地板放聲大哭，但現在我卻看著電視的愚蠢節目放聲大笑。一邊想著活著真是殘酷的事，一邊繼續大笑。

14。山裡的細川百貨

一九五一年，有一部木下惠介導演拍的電影《卡門歸鄉》。如果我沒記錯，這可能是日本第一部彩色電影。卡門的故鄉就是這裡北輕井澤。我到了最近才看這部電影的錄影帶，看得我非常震驚，無限感慨，又覺得原來如此，也覺得無可奈何，可是這樣就好吧，總之心亂如麻。

脫衣舞孃卡門從東京抵達的車站是，現在已經消失的草輕電鐵的北輕井澤站，只剩建築物而已。卡門出了車站後，搭乘的是共乘馬車。車站前是一片遼闊的原野，遠遠看得到淺間山。咦？以前居然是如此的田野風情？現在車站前有迴轉道，還有不知名的銅像，也有信用合作社。

車站前有一條路。雖然這條路沒有出現在電影，但這是以前北輕井澤的商店街。據說當時有豆腐店也有鮮魚店，現在國道邊有了超市，但沒有豆腐店也沒有肉店。

上了國道，即使現在每一根電線桿也都貼著「山裡的細川百貨」小招牌。「山裡的細川百貨」是車站算來的第三間商店。起初，我認為這是一間很頑強的店，就像以前到了鄉下會看到的雜貨店。

然而，細川是有調劑室的藥局，比較像現在的藥妝店。總之什麼都賣。這裡沒有送報生，但細川每天都會賣報紙。我的香菸是在這裡買的。這裡也有賣平底鍋、燒水壺，也有賣烤魚的烤網。想說八成沒有琺瑯鍋，去了竟然有，上面印著兔子非常可愛。

文具用品應有盡有，也有婚喪喜慶用的紙袋。往裡面走還有雪地穿的長靴，也有東京買不到的內裡刷毛、鞋跟附有防滑墊的鞋子，防滑墊還可以拿下來，一雙兩千四百圓。內衣褲也一應俱全，甚至有婦女穿的臀部與膝蓋加厚的衛生褲。我給自己買了兩件，也買兩件送給東京友人。

毛衣也有一大排，也有綴著珠子或亮片的。鬆緊帶褲子也是一大排。也有洗衣粉，桌上型瓦斯爐的瓦斯罐。年輕人烤肉烤到一半木炭沒了，跑來這裡也買得到木炭。

到了夏天有賣捕蟲網，冬天近了也有賣塑膠雪橇，螢光粉紅色的雪鏟，甚至有賣口紅、指甲油和粉餅。

總之什麼都賣。在附近有別墅的朋友曾說：「細川的老闆娘是鄉下少見的氣質美女喔。」我仔細端詳她的臉，真的是氣質美女。其實不用仔細端詳也看得出氣質優雅溫柔。不過人真的很奇怪，自從朋友這麼說，我每次去買香菸都會謙虛地說：「我這個人很低俗，又長得醜，還穿得一身邋裡邋遢的。」

說到我有多邋遢，冬天我外出時總是穿著鋪棉的短外褂，圍上圍巾，踩著有防滑功能的鞋子，趴噠趴噠地走來走去。這件鋪棉短外褂的布料是化學纖維，有一次我在生爐火，袖子靠在爐邊燒到了，看得到裡面的棉花，而且這樣的破洞還有四個。有一天我去內堀五金行，老闆娘實在看不下去：「哎呀，這位太太，我們家有很多短外褂，送妳一件吧。」

迫於無奈，我只好把袖子剪掉，變成一件無袖的短外褂。細川的老闆娘是很有氣質的人，不會對我說這種話，膚色白皙的美人臉蛋一定確實化妝，即使冬天也穿裙子。

到了夏天，在東京開二手店的笑笑堂常來家裡玩，一臉像長了白髮的梵谷。聽說柘植義春的漫畫《無能之人》，就是以笑笑堂為模特兒。不知是真是假，但衿子是這麼說的。乍看真的不是很熱衷做生意的人，這一點倒是真的。笑笑堂對世間和社會都沒什麼興趣，只說一些無用之事。有比無用之事，更讓人雀躍的嗎？無用才是人生的醍醐味吧。

「至今，你覺得賺很大的是什麼？」我這麼一問，他低頭沉思了半晌，然後說：「我能想起的都是虧很大的事。比方說，有一個很老舊的鐘，髒得要命，所以我用五千圓買了。擺到店裡去賣，居然當天就賣掉了。當時我不知道對方會出多少錢，心裡七上八下緊張得要命，結果他出三萬！我真的開心得要命，完全不講價就連忙賣掉了。過了一陣子我去青山，那個鐘竟然出現在一家很氣派的古董店，開價三百萬。一定是跟我買的人賣出去的，我氣得在心裡幹譙，但怎麼罵都來不及了。然後又過了一陣子，那個鐘竟然擺在博物館裡，好像是豐臣秀吉那個時代的高檔貨哪！」

我心想，他八成是在騙我。把笑笑堂的話當真，才是真的虧很大。前些時候我問笑笑堂：「我有畫框，你要不要買？」他說：「好啊。」於是我從儲藏室搬出大紙箱，裡面裝了十幾幅展覽會賣剩的畫框。這些賣剩的畫框都還裱著畫，我得把畫拆下來，可是拆沒幾幅，指甲竟然斷了。

「不好意思，可不可以麻煩你賣的時候，把裡面的畫拆下來？然後把畫扔掉。」我這麼一說，笑笑堂回答：「好啊，沒問題。」給了我一萬圓。

啊，清掉這些畫框，空間空出來了好舒服。

過了一陣子，笑笑堂說：「請收下這筆錢。」遞給我兩萬圓。「為什麼要給我這筆錢？」「我把妳的畫一張張擺在店裡，結果畫和畫框一起的賣得特別好。」「啊？你沒有把畫扔掉？」「嗯。」我明明叫他扔掉的，笑笑堂這個笨蛋，更何況他不說我也不知道啊，於是我收下這兩萬圓。

可是他究竟賣多少錢呢？那在展覽會上一幅賣三萬圓，要是他賣得比這個價錢便宜，我會覺得對不起在展覽會買畫的人，不過看到笑笑堂笑咪咪的臉，什麼世間的仁義啦規矩啦，算了吧，就算了吧。我沒去過笑笑堂的店，他的店在國分寺，感覺是佈滿灰塵又陰暗的店。我打過電話去店裡給他，可是他不在。

有一天，笑笑堂帶了一名年輕男子來，既難為情又開心地說：「這、這是我的兒子，阿有。」笑笑堂是梵谷臉，臉型算有點長；他兒子則是圓圓的像麻糬臉，兩人笑咪咪的神韻很像。

我和笑笑堂又爭先恐後談無用之事。笑笑堂的母親簡直是奇人，笑笑堂很喜歡說他母親的事。

「前些時候，那裡的音樂廳有場音樂會吧，我老媽說要去，我就帶她去了。到了會場已經客滿，只有前面給小孩坐的地方有椅子，大人都擠在後面坐。結果我老媽居然厚臉皮走到前面去，硬是坐在小孩子之間。我要制止的時候已經來不及了。有個女性工作人員走到她旁邊跟她說，這是小孩子的座位喔。我媽居然大吼：『我是小孩子！』明明是九十歲的女人了。就這樣一直坐在那裡。」麻糬兒子不發一語，只在一旁笑咪咪點頭。他點頭的時候，眼睛常閃現奇妙的光芒。

「細川真的很威啊。」笑笑堂說：「前陣子美香做暑假作業，說要刺繡的線。我想說細川八成沒有吧，結果去了一看居然有！就像這樣排了一排繡線，只有一排。」

笑笑堂也有個女兒，叫做美香。我也卯起勁來說無用之事：「我找到沒看過的漫畫雜誌喔，一本這麼厚，大概有五公分呢，叫做《媳婦與婆婆的醜聞》，是月刊喔。裡面都是婆媳間的事，我看了大吃一驚就買了。」

「這樣啊。美香也每個月訂漫畫雜誌，叫做《少年GANGAN》，這算是非常小眾的漫畫雜誌喔，我想說細川應該沒有吧，去了一看，居然有一本喔！細川實在太威了。」《少年GANGAN》啊，這我就沒聽過了。

然後我們就開始玩起「細川遊戲」。「你知不知道，他們有三十年前陶製的蘿蔔泥研磨器，一個一百塊。」「這我就輸了。那妳知不知道，他們有賣那種頭又尖又細的鑷子。我在東京住家附近都找不到呢。」「不會吧。我做銅版畫要用輕油精吧，不管哪裡的藥房都只有三瓶，細川竟然有五瓶喔。而且我跟他們追加訂購，第二天就打電話來說貨到了呢。」「真厲害。他們還有《新潮》和《文藝》這種純文學雜誌哩。」「到底是誰在讀?對了,他們也有鹽野七生的《羅馬人的故事》喔。到底是誰在讀?」

「也有一瓶三千塊的滋養強壯皇帝液喔!」「咦?長嶋先生喝三千塊的能量飲品?」「我沒喝啦,只是看看而已。」

「我覺得那個美麗的老闆娘,簡直像個魔術師。有一次我去買壓克力纖維的毛線,她說不好意思剛好賣完,問我是要做什麼用的,我說編織用的,只要一點點就行,什麼顏色都好。結果她請我等一下,從裡面拿了毛線來,說是她用到一半的,免費送給我喔!」「佐野,用這種密藏的絕技太犯規啦。」

麻糬兒子只是笑咪咪看著父親的臉。我覺得這個兒子真的很喜歡他父親,這幅景象實在美呆了。兒子從頭到尾只是笑咪咪,眼中時而閃現光芒，然後就跟他父親一起回去了。

笑笑堂在同一個村子有棟別墅，所以夏天我們常常在路上碰到。笑笑堂穿著短褲，悠閒走在路上。

「我跟妳說，阿有拿到文學界新人獎喔！」

「阿有？」「就是我的兒子，前些時候跟我一起去妳家。」「啊！我想看他的作品！」笑笑堂立刻寄來給我看，篇名是〈三輪車之犬〉，寫得很棒很精彩，看得我好感動。

後來我又見到阿有。那雙會閃爍光芒的眼睛是作家之眼吧。熟了以後，我不禁深感佩服，覺得阿有不愧是笑笑堂的兒子。後來他要出一本小說《速度超猛的母親》，來找我說：「能不能幫我畫封面？」「不會吧？

找我畫好嗎？」其實我開心得不得了。這本小說出了以後，竟然拿到芥川獎！據說以芥川獎而言，是前所未有的暢銷。

去年夏天，我去笑笑堂的別墅玩，和笑笑堂跟他兒子一起吃拉麵。「聽說旁邊的土地要賣耶。」笑笑堂說。我聽了心花怒放：「阿有，你買下來蓋房子吧，然後在這裡工作，冬天也一直待在這裡。」因為到了冬天，這個村子只剩我一個人，所以我拚命慫恿阿有。可是阿有只是笑咪咪應了一句：「不錯耶。」八成是嫌棄有我這個奇怪的老太婆在吧。

我依然一週兩次去細川買香菸，期間也會去細川寄宅配。就算一星期都沒有見到任何人，也會見到細川的美麗老闆娘。

去寄宅配的時候，回頭一看，書架上有《新潮》雜誌，我一定會想起笑笑堂和阿有。然後到了初夏，便迫不及待希望笑笑堂和阿有早點來，很想再和笑笑堂玩「細川遊戲」，趁這個時候仔細觀察店裡的每項商品。

改天我很想問問看，有人記得共乘馬車在這裡跑的時代嗎？那時候也有細川嗎？

15。現役團體操

有個美容整型實驗的電視節目，名叫《美麗競技場》。每當這個節目開播，我的眼睛就像黏在電視上，無法離開。我覺得原本就很可愛的人，都去割了雙眼皮；下巴比較寬象徵著意志堅定，也是一種個性，但這些人也紛紛削尖下巴。

大家對整型後的自己都很滿意，宛如變了一個人，開朗活潑充滿自信。每次看這個節目，我都深受衝擊。我長得很醜，卻也一直以醜女開朗地活下來，開朗到別人都覺得很驚訝。就算有人跟我說：「醜女看那邊啦！」我也會嗆回去：「你回去照照鏡子再說！」手術後，大家的臉都變得很像。啊，世界變平了。我認為世界要凹凹凸凸，才是世界。實在令人不爽。其他的事情只要將努力、耐性、強韌總動員，總有辦法解決，可是鼻孔大，怎麼想都是宿命。因此我盡量不照鏡子。

此外我深深地認為，眼球埋在臉裡面實在太好了。要是像鮟鱇魚，凸到臉的外面，三不五時看到自己這副長相，大概活不下去吧。翻出我以前的日記來看，裡面寫了這句話：「**那些男人**，究竟是怎麼和我的長相妥協的？」

不過，如果我是個大美女，一定會變得非常討人厭。因為我是醜女，所以不介意自己性情乖僻，只想靠薄弱的力量，鼓勵自己好好活下去，就這樣成為皺紋、鬆弛、斑點大放異彩的老人，真的很輕鬆。

反正我什麼都不在乎了，今後又不用騙男人上戰場。只要旁觀這個世界，是多麼幸福安心的事啊。老年是神明賜予的平安。就某個意義來說不是「現役」了，但這不只是寂寞，也是令人心頭發暖的樂事。

都這樣老神在在了，《美麗競技場》居然出現了一個六十四歲的女人。她想重返青春再談一次戀愛。不會吧？想再談一次戀愛？妳可是在上電視喔。整型前，那一頭蓬亂的蒼髮簡直不忍卒睹，身上穿的鬆垮老舊衣服也散發出灰暗的氣場。六十四歲的女人居然還有女人執念，委實讓人歎為觀止。這樣的外表居然潛藏著難以估計，對性感魅力的願望，我覺得我看到了黑洞。

難道是我比較特別嗎？我渾身上下從裡到外，根本擠不出任何性感魅力了。現在看電視長片，只要演到床戲，我不是去上廁所，就是去洗碗盤。我已經失去任何興致。稍早之前是在廣告時間去打掃或整理房間。但這與其說是性感魅力，更應該說是性慾吧。

青春期看書，我特別愛看猥褻下流的地方，反覆看好幾次。小學的時候，看卡通《無家可歸的小孩蕾米》，劇裡的母親kiss了蕾米好幾次，當時我不懂「kiss」這個字，問母親：「kiss是什麼？」母親的表情頓時僵硬片刻，然後壓低嗓門瞪著我說：「妳問這個幹嘛？」我霎時懂了！「kiss」一定是很下流低級的事，所以母親不回答我。

後來我知道了「接吻」這個詞，但我認為接吻這個詞才是真的下流低級。至今我都認為「接吻」比「kiss」更噁心，接吻這個詞可能會變死語吧。不過對我而言，kiss和接吻早就是死語了。

我想平靜安穩朝著死亡走去，偏偏我的八卦好奇心卻死不了，很想知道六十四歲女人整型以後會變成什麼樣。

終於，整型後的大媽在光芒中現身。出來的是像野村沙知代那種金光閃閃型的美女。完全變了一個人，也不能認為是同一個人。她把六十四年的人生苦樂全部剝除扔掉了。聽說化妝師或造型師也會用這種剝除的技術，但這位大媽是自己強烈想要剝除。

皺紋、斑點、鬆弛，都注入什麼東西或打上什麼光線消除了，肚子的脂肪也抽掉了。

「妳覺得怎麼樣？」「我很滿意。」「妳自己覺得妳幾歲呢？」「五十歲。」真的看起來只有五十歲。「那麼，戀愛呢？」大媽的聲音也宛如整過型，答得鏗鏘有力：「沒問題！」語氣帶著一種妖豔感。

「最高興的是，我的腰痛和膝蓋痛都不見了。」真是神祕的身體，連腰和膝蓋都變成五十歲。我很想對她之後的變化做貼身採訪。

「立刻就有很多公子跟我搭訕。」公子這個字眼透露出妳六十四歲喔，說話小心點。

孩提時代，父親很喜歡在晚飯時間向孩子說教。

「人會因為小拇指彎曲，不遠千里去找人醫治；可是心靈扭曲的傢伙，就算隔壁有人能醫治，他也不去。」這句話，他說了好幾次。當時我年幼的心裡這麼想著，自己的心扭曲了，自己也不會知道吧。

倘若父親還活著，他看到《美麗競技場》會怎麼說呢？父母親還是活久一點比較好。

外貌變成五十歲，連腰和膝蓋都治好了，這個衝擊實在太大了。歷史上有個很出名的故事，有個偉人問他母親，色情這種事要持續到幾歲？結果母親只是拿著火筷子不斷攪動爐裡的灰。偉人恍然大悟，原來要到化成灰為止。每個女人都這樣嗎？那我不就槁木死灰了？還是說我不是女人，只是一個人？或者連人都不是？

我有個朋友叫小薰，身材曼妙，是個年近六十的寡婦。同樣是單身老女人，身材曼妙的小薰渾身散發著女人味，是個活躍的「現役女人」。同樣是單身老女人，寡婦也比較性感；離婚的女人看在世人眼裡，是有缺陷的女人，當事者多少也這麼想。

小薰說：

「其實我已經不行了啦，那都只是零件而已喔。」「什麼零件啊？」「全～部～都是啊。跑腿小弟啦，或是陪我吃飯的，都是零件啊。」呵呵呵，妳是女王啊。「佐野妳也要加油，妳至少有個跑腿小弟吧？」「她才沒有呢！」另一個朋友立刻說：「佐野是個路痴，到處迷路，可是不管哪裡都自己一個人去。小薰在八岳山的山莊有車子，可是卻不是自己開車來的喲。所以是佐野輸了。」我問：「跑腿小弟在八岳山過夜嗎？」「討厭啦，呵呵呵。」害我不能問接下來想問的事。

「其實我也……其實我也，我也曾經在半夜叫一個身高一八〇，三十歲的男生來跑腿喲。」「哎呀，佐野也有呀，是誰？」小薰一副雍容華貴、老神在在地問。「朋友的兒子。他只在這裡待十分鐘，當天晚上就回東京了。我付一萬塊打工錢給他。」「妳就別跟人家互別苗頭了。」「話說那個吃飯用的，妳叫他過來吃飯他就來了？」「對啊，那當然囉。」「在哪裡吃？」「很多地方。」「也去過法國餐廳？」「對啊，也去過日本料理店。」「一個月幾次？」「一、兩次。」

旁邊有人插嘴說，「這種零件，小薰有三個喔。」「小薰還真忙啊。」我一點都不吃味。真的一點都不吃味。「誰付錢呢？」「當然是約的人付錢囉。」「不是各付各的啊。」我想起以前有個男人說：「不讓我上的女人，誰要付錢啊。」

我拚命搜尋記憶，想不起和男人單獨吃過飯。小薰和男人不是各付各的，那表示小薰是？

「哼，我也有喔。每當釣魚解禁後，有個人會把最先釣到的香魚，拿一、兩條來送我喔。」「那是荒井先生吧？」「是沒錯啦。到了秋天，他會採他們家院子的大白椿菇給我喔，好好吃哦！」「這也是荒井先生吧。這算吃飯的朋友，只是吃飯的朋友啦。」「是哦，那小薰我問妳，我家這張桌子，是有個人花了兩天的時間幫我做的喔，是個男人喔，男人喔，妳有嗎？」「沒有，我輸了。」「他還幫我做了一張有滾輪的床上桌喲。」我抽動鼻子，神氣地說。「我輸了。」小薰又認輸了。我想趁機加碼時，朋友竟然拆穿我：「妳說的這些都是佐藤吧。」

「對，就是佐藤。麻里跟我說，佐藤閒得要命，叫我有什麼事儘管找他做。因為退休後，兩個人在家裡大眼瞪小眼，搞得兩個人都很煩。」

「可是這樣還是佐野輸喔，妳看看小薰，人家吃早餐也確實化妝，還穿Jurgen Lehl[26]的衣服呢。妳大概連臉都沒洗吧，還穿著髒兮兮的牛仔褲翹腳抽菸。妳看看人家小薰的手，戴著那麼大的戒指喔。」

那個《美麗競技場》的六十四歲大媽，八成是想變成小薰。

對了，小薰現在也還在爬山，當然也有登山的朋友，要爬山那天當然也會接送她。她還有高爾夫球的朋友，當然……當然也……。所以小薰的腰和膝蓋不會痛。果然，年輕是來自對異性保持現役嗎？

多數人都只從外表來分辨年輕與年老，所以男人才會對禿頭那麼敏感，想盡辦法掩飾禿頭。孰不知有此一說，禿頭可是代表精力超群喔。

現役，現役。整個日本，簡直像到死為止都在和現役做團體操。什麼朝氣蓬勃的老後啦，活力充沛的熟年啦，每次看到這種印刷品，我就火冒三丈。

都這把年紀了，為什麼還得參加賽跑？老娘可是累壞了。不過老人或許也分為疲累的老人，與不知疲累的老人吧。

累的人就堂堂正正地累吧。

---

26 • Jurgen Lehl，1944-2014，德國籍波蘭設計師，在日本定居，並創辦同名品牌服飾。

人類已經沒有所謂長老的智慧了。長老非得佈滿皺紋，長老並非一日可成。長老至少要嚐過四十年的人生苦楚，以及像嚼煙草般的苦汁。這些苦汁才能成就人生的智慧。

年輕時，我也曾看不起老人，總覺得他們只會倚老賣老，老人的智慧根本落伍了。但是，每個人都知道，需要長老的共同體已經崩壞了。現在到死為止，都必須靠個人奮戰。老邁的身體與心靈太礙事。要是活得太久，只會落得殘敗潦倒，吃垮全民的稅金。

我卸下現役後，至少還想享受十五年的老人生活。不曉得要變成怎樣的老人才好。

16。別人的兔子

我的妹婿是大學教授，風度翩翩，身材也挺拔魁梧。如果我跟他說，他是日本最像史恩．康納萊的人，他一定很高興。

可是他這個人有個毛病，動不動就說：「姊姊，我們鄉下啊……」比方說我們在聊「這下面有一條河，荒井先生是釣魚高手。」他看都不看下面那條河就說：「我們鄉下的河川很美喔。」

我沒去過去他們的鄉下，但連我那個嘴巴很壞的妹妹都說，那裡美得像童謠〈故鄉〉裡的「追過兔子的那座山，釣過鯽魚的那條河」，簡直像是「美麗日本」的原型所在，況且還靠海。日本製的史恩．康納萊，每聽森進一的〈母親〉必哭。真想讓他的學生看看。

除了聽〈故鄉〉和〈母親〉幾乎必哭，聽森進一另一首〈兔子〉更是嚎啕大哭，似乎是憶起了故鄉的風景與老媽。妹妹看著他說：「這樣啊，這樣啊，太好了啊。」我總是打從心裡羨慕得不得了。我們總認為日本人的故鄉是山村地帶，父母是農民。像太宰治那種地方的大財主，我的周遭沒有這種人。

故鄉究竟是什麼呢？擁有故鄉，等於跟這個日本的風土完全合體，有一種安心感吧。每當被問到我的「原風景」是什麼，我總一肚子火。我答不出來啦。那些滔滔不絕、滿不在乎大談自己原風景的人，我總認為他們是輕薄的傢伙，甚至質疑他們的人性。可是當妹婿說「我的故鄉啊」，雖然我在心裡嘀咕「嘖，又來了」，但也會想說好啦好啦，唯有你，我是允許的。

我沒有故鄉。自從懂事以來，我最初的記憶是北京家中的院子。在院子抬頭可見，土牆圍出來的一片湛藍，那是湛藍的四方形天空。以及在湛藍天空下綻放的松葉牡丹，和在地面排隊爬行的螞蟻。

中國風的玻璃門，框著很像卍字型的木條框架。

然後搬去大連，街上是德國風的街景，飄散著洋槐花的香味。黝黑的我光著腳丫，和同齡七歲的中國小孩，扛著木炭走在寬廣的柏油路上。

接著搭遣返船回國，終於第一次看到的日本是佐世保。那時感觸良深，從甲板上第一次遠遠看到的祖國，是一塊小不拉嘰的深綠色。

因為是第一次看到，所以沒有懷念的感覺。那時外地人稱日本為「內地」，戰爭結束後兩年，被國家拋棄的我們，就算肚子餓扁了，也把所有的夢想寄託在內地日本，滿心想著「回到內地的話」、「內地的甜點一定很好吃」。對我而言，內地是像龍宮城的地方。

然後我們抵達父親山梨的故鄉。那是非常貧困的農村。對父親而言是故鄉，但我總是餓著肚子。真正的飢餓是在內地，這才是如假包換的飢餓。

父親五十一歲過世，當時我十九歲。我認為父親在昏睡時，靈魂（如果有的話）去逡巡地方，一定是從那個貧困村子的家看出去很壓迫的山，還有游泳去上學的富士川，以及釣魚的小河吧。從昏睡中醒來之後，睜開雙眼，眼珠子轉來轉去，問的是：「山梨的大哥還沒來嗎？還沒來嗎？」

當時父親空虛地將手伸向故鄉與長兄的模樣，看得我心如刀割。身為農家七男的父親，在家中的地位比牛馬還不如。父親很愛故鄉，但不管怎麼愛，我都不認為故鄉和故鄉的人也愛他。父親到死為止都住在公司宿舍，他很想至少為四個小孩和妻子準備一間房子吧。他深信長兄會分一點山林木材給他吧。但連當時十九歲的我都知道，伯父若不確認父親已死，是不會來的。

可是，愛是自由的。父親像個被女人拋棄，卻還對女人念念不忘的男人。擁有故鄉，就是擁有靈魂可以回去的地方，就這一點來說，父親（雖然他的一生並不幸福）是值得羨慕的吧。

我們在父親鄉下的小屋住了兩年左右，然後搬去靜岡，住在駿府城裡。住了兩年以後，又搬去清水，在清水住了五年。但中學我是搭電車去靜岡上學，所以在清水與靜岡之間，總覺得夾著河川，像是腳踏兩條船，有種不安定的感覺。

在清水念高中的三年，不知道是記憶跳掉了還是模糊了，我怎麼想都想不出什麼。硬要說的話，大概是覆雪的部分被夕陽染成粉紅色的雄偉富士山吧。

十八歲來到東京，至今也過了四十多年，不知道搬過幾次家。若從出生算起，搬家的次數高達三十九次。改裝住家有兩次以上。

無論住在哪塊土地，都沒有特別的感情。雖然有到了附近會懷念的地方，但那種懷念之情也很淡泊。

我曾回去看父親的故鄉，以及在那附近的小屋。以前小屋和富士川之間都是田地，我還記得燕子在那個小屋築巢時，我開心得要命。然而再度造訪，田地已變成密密麻麻的房子，還有寬廣的柏油路筆直通過。那間小屋不見了。我覺得像走錯了地方，已經不知道當初分散在田裡的四間小屋究竟在哪裡。

硬要說有什麼懷舊感情，其實很假。反倒是猶如遭到背叛，感到神清氣爽。

就心情而言，我的故鄉是北京，但革命中國[27]對我而言是不同的國

27・指一九四九年成立的中華人民共和國。

家，可是也無所謂，我能理解。

我向來認為，一個城市並非是由街景或房子打造，而是街角和住在那裡的居民的叫聲、氣味、聲音所形成。當時我們住的北京的家，出了門以後，有一條一條細窄的紅磚巷子，走出巷子，再穿過一個有屋頂的門，就到了廣場。和父親一起上街，沿著圍繞北京舊市街有屋頂的牆壁走，就會到東西南北門的其中一扇門。

敞開的城門，看起來像四方形的光窗。曾有背著貨物的駱駝從門裡出來，滿身灰塵，連長長的睫毛都沾黏黃沙，緩緩眨著眼睛，眼神哀傷落寞。

電車路旁一早就聚集了賣吃的攤子。令人垂涎欲滴的香味，夾雜著擁擠人群的喧囂。

後來我在報章雜誌看到新中國的樣貌，居然連一隻蒼蠅也沒有，而且不見貓狗，我猜是把養貓狗的食物都給人類吃了，這種做法也是正確的。

六十年前，冬天，出了大門一定會看到有人凍死在路邊，大家都跨過那些屍體走過去。現在乞丐也沒了。攜家帶眷的乞丐也沒了。我真心覺得太好了。

我曾在北京嚴寒的冬天早晨，看到一個女人抱著嬰孩、還帶著三個小孩在乞食。那是我最害怕的事。我很怕明天，要是母親也變成了乞丐，哇哇地流著眼淚，帶著我和弟弟們，也是哇哇哇地邊哭邊拿空碗沿路乞食，那該怎麼辦？

我和母親去當乞丐沒關係，可是不能讓體弱多病的大哥和弱不禁風的父親也去當乞丐，想到這裡就很害怕。

據說現在沒乞丐了，路邊攤也撤走了。以前路邊攤的食物上，總聚集一片黑壓壓的蒼蠅，把蒼蠅趕走，黑色的餅真的變成白的。那時我心想，這東西好吃到蒼蠅都聚過來，所以不在意，然而這種事也消失了。

能夠拯救幾億人擺脫飢餓的國家很了不起，真的很了不起。

雖然後來能去中國，我無法整理過於複雜的心情，所以遲遲沒去，就這樣過了幾十年。對於帝國日本侵略中國一事，我總覺得我也要負責，而且我還以帝國日本人的身分，厚著臉皮，住過那裡。

即使去了，也已經不是我認識的城市了。

幾年前，我認識一個當過中國紅衛兵的人。他在日本已經當了十八年編輯，光知道他是北京人，我就覺得很親切，連我自己都覺得奇怪。他比我年輕二十多歲，有十個兄弟姊妹，文革期間有十二個家人遭到下放，經歷了超乎我想像的事，塊頭很大，散發出一種悠然自得的氛圍，總是笑口常開。

有一次我問他：「唐先生，你知不知道理髮師會背一個紅色箱子，吹著笛子，在樹下幫人家理髮？」「我不知道。」「那，賣水的，每天用單輪車載著裝滿水的浴桶來賣水，你知道嗎？」「不知道，我那個時候有自來水了。」「那麼冬天夜晚來賣熟柿的，熟柿裡面已經變成雪酪了，這個還有嗎？」「不知道，我沒吃過。」

我說的是五十五年前的事。簡直像在談論江戶時代。我的時間也凍結了五十五年，一直凍結著。

唐先生好幾次邀我一起去北京。我總是答得猶豫不決。

四年前，他說：「這次一定要去啦。今年很特別喔，有革命五十週年的紀念大典，也有飛機秀喔。我哥哥是軍中的大人物，我會請他幫忙訂看得到天安門閱兵典禮的飯店。沒問題，沒問題。」「如果要住的話，我想住北京飯店。我記得那裡，還去那裡吃過北京烤鴨。連屋頂的顏色也還記得喔。」

可是軍中的大人物也訂不到北京飯店，因為全部被國外新聞媒體訂走了。果然比起現代的飯店，外國人還是比較喜歡北京飯店啊。梅原龍三郎[28]，畫下他從北京飯店的窗戶看到的紫禁城，那幅畫和我的記憶混在一起。

就這樣拖拖拉拉，我終於下定決心，找妹妹一起去。妹妹在大連出生，遣返時還是個嬰孩，所以什麼都不記得，但她居然說：「姊姊，我去過北京，也去過上海了喔。」我嚇了一大跳。

妹妹小我八歲。八年的歲月之差，心結也不同吧。妹妹去中國，就像出國觀光，看得我好生羨慕。明明沒看過北京家裡那片湛藍的四方形天空，卻擺出一副神氣的樣子，害我的優越感也混亂了起來。

「對於玩的事情，我可是出了名的隨和喔。」妹妹說得無憂無慮，一臉興奮開心。這樣的妹妹，確實是很好的玩伴。妹妹出生後十個月，像是

28．梅原龍三郎（一八八八～一九八六），日本洋畫巨匠，享譽畫壇超過半世紀，繪畫生涯中有一段極為重要的「北京時代」。

得了佝僂病，被母親揹在背上回到日本。當時父親還半死心地說：「這孩子可能撐不到日本。」可能是營養失調吧。可是兩個月後，原本可能撐不過的妹妹活下來了，很能幹又有耐性的五歲弟弟卻突然死了。

日前，妹婿史恩．康納萊，去我們遣返登陸的佐世保參加學會時，特地去了港邊，想到「啊，我妻子還在襁褓之際，就是從這裡回到日本啊」，竟淚眼婆娑感慨萬千。正因為活了下來，丈夫才能如此為妻子淚眼婆娑。我深深覺得，有故鄉的人，用情比較深吧。

阿誠問我：「想不想看泡沫經濟的殘骸？」我說：「想看。」他就帶我去了。剛好唐先生來我家，便邀他一起去。

這是六千坪六十萬圓的土地，位於山腰的平地，已經切割成一塊塊兩、三百坪大的土地，下水道、電話、電力等設施也都完成了，但還是一片茫茫的草原。

因為一棟房子都還沒蓋，泡沫經濟就瓦解了。景觀相當迷人。

「還有一塊地，六萬坪六十萬圓，要不要去看？」阿誠問，我說：「要看要看。」便又跟著去。結果這裡只是山。我問：「是從哪裡到哪裡啊？」阿誠說：「從這裡開始，可是到哪裡呢？」翻出文件來看，繼續說：「我搞錯了，不是六萬坪，是六十萬坪。」

這裡有三座山，有山谷，也有河川流過，但也有無法下到河邊的深谷。三座山都沒有登山道。唐先生竟說：「我要買。沒問題，沒問題。」

「你買來做什麼？」我問。「我要買這片雄偉的景色。沒問題，沒問題。」

正當我暗忖「不愧是中國人」，唐先生問阿誠：「從山裡出來的山豬也算我的嗎？」唐先生或許打算殺來吃。「我和中國的朋友，可以在這裡做點事，成為日本和中國的橋梁呀。」

過了兩、三天，阿誠說：「糟糕，唐先生好像真的想買耶。他來問我稅金的事。」但是過了一陣子，唐先生說：「算了，我還是放棄了。我想在故鄉北京買房子。」

唐先生和他的日本太太及三個小孩，在日本住了將近二十年。唐先生和唐太太的故鄉不一樣。

後來我和唐先生一家人，以及妹妹，一起搭飛機去北京。

在飛機上，我問唐太太結婚經過。唐太太說，她是在北京留學時，認識同樣是學生的唐先生。

以前我父親也經常去北京大學教課。放假的時候，父親曾帶我去北京大學。我站在高高的紅磚建築前，等候父親出來。

靜靜仰望高大的建築物，我內心很不安，擔心父親會不會出不來了。結果父親拿著釘著鉚釘、淺淺的紅色紙箱出來。

「跨國婚姻，最擔心的是什麼呢？」

「就算現在和平，也會擔心萬一發生戰爭怎麼辦？這是最擔心的。所以當時要下決心很煩惱啊。」

這真的會很煩惱吧，縱使同是日本人結婚也會煩惱，只是煩惱的格局和深度不一樣。看著他們三個健康的小孩，我想當時唐先生一定「沒問題，沒問題」地說服了唐太太吧。

革命五十週年時，我們從飯店，看了一整天中國的閱兵大典。軍人綿延不斷，湧出似地走出來，戰車也轟隆隆一直通過。

天安門寬闊馬路的對面，興建了高聳的摩天大樓。一切都很新，那個大樓和日本的大樓不太一樣，有著中國特有的「大」和「新」。我已經想不起孩提時代路面電車經過的馬路在哪裡。

看著這幅景象，我也打消了要去找以前住家的念頭。我能做什麼呢？說來慚愧，我能做的只有感傷。唐先生在地圖上幫我找出我記得的地方，但那個住址也變新的了。後來他又拿來一張舊北京的地圖，把唐太太和孩子都捲了進來，陪我尋覓我以前的住所。

現在，大家都住在高樓大廈裡。我記憶中，用土牆圍起來的老巷子幾乎已不復存在。

走進所剩無幾的老巷子，卻到了人家的院子裡。

家門口有石榴樹。石榴樹下有老人。

我們迷迷糊糊走進人家的院子，但老人對我們很和善。

甚至邀我們進去家裡坐。房子裡空氣涼爽，有位老太太，可能是老人的妻子，泡茶請我們喝。唯獨房子裡空氣涼爽的感覺，是我所知的五十五年前北京的家的感覺。

唐先生和老人用中文在聊天。「啊，其實這棟房子啊，也快要蓋成新公寓了。」

唐先生跟老人說我在找以前的家。我很擔心老人會討厭我。老人幾度點頭，刻意對我微笑。那**刻意**的微笑讓我覺得，當時五歲的我要負起帝國日本的責任嗎？老太太用細細的橡皮筋串了一串橡實般的手環送給我。

離開的時候，老人摘了三顆石榴送給我，又**刻意**對我微微一笑。之後，我和妹妹也成了普通觀光客。無論哪個國家，人們都非常善良，也非常奸詐。

我和妹妹搭上現在只用來觀光的人力車，只是穿過大馬路，要價竟然是計程車的十倍。我用自己也搞不懂的語言大吼：「上車的時候，你說的價錢明明只有十分之一！」車夫一臉兇狠，喋喋不休說著中文，還掄起拳頭向我逼來，嚇得我節節後退。

這時妹妹連忙把錢塞進車夫的手裡，便拉著我衝進百貨公司。「喂，妳剛剛給了他多少錢？」「最初講好的價錢啊。」「妳還真敢啊，那個大叔還在鬼叫喔。」於是我們繼續往裡面跑，沒有牽手，邊跑邊回頭看，邊跑邊回頭看，跑得氣喘吁吁。

接下來我們沉醉於購物，狂買了一堆喀什米爾毛衣，往門口走去，走在前面的妹妹忽然尖叫一聲，折回來說：「還在喔！還在喔！」邊說邊笑把我拉回店裡。「誰啊？誰啊？」「車夫，車夫。」「咦？」「他在門口監視。」「咦？」「看起來不像在等客人。」「那我們再多待一會兒吧。」

於是我們又買了一堆不需要，可是很漂亮的東西。「從另一個門出去就好啦，這回我們走這裡吧。」結果走另一個門，妹妹又氣勢驚人地折回來。「在喔，這回換到這邊來了。」車夫好像做了一趟生意，把客人載來這裡，順便在等客人。

下次若有機會再來北京，我要徹底當個普通的觀光客。

唐先生是十個兄弟姊妹的老么。

他帶我們去他哥哥家玩。那是一棟公寓。

我第一次進到中國人住的公寓大樓。我以前知道的中國房子都很陰暗。現代公寓雖然明亮，可以看得很遠，但視野也被別的公寓擋住。內部的房間是四方形隔間，看來也和日本差不多，但每一種擺設和日本有著微妙的不同，柱子和木製窗櫺漆成黃色也很罕見。

但是不久的將來，全世界的房子大概會趨於相同吧，變成建築雜誌裡出現的，國籍不明的現代房子。而且是有錢人率先住進國籍不明的房子。

他們請我們吃早餐。早餐的粥是去外面買的，上面放著幾片撕下的油條，讓我倍感懷念。

唐先生雖然是老么，但身材最為高大。當他俯視哥哥，卻露出老么的表情，那種反差真的很有趣。

我不曉得這個哥哥是排行第幾的哥哥，但唐先生曾說「我的大哥，像是父親一樣」，所以這個哥哥應該不是大哥吧。

兄弟長大成人之後能夠聚首，真是一件好事。所謂故鄉，指的一定不是土地，而是人吧。

這已經是很久以前的事，日本共產黨有個叫伊藤律的人，因為自己的思想與信念，拋棄了日本，不曉得去了俄國還是中國。

這個人在年老後，回到了日本。回到日本說不定會受到制裁，但他歸國的理由是，很想回故鄉。當時我在報上看到這則新聞，不禁潸然淚下。透過腦袋思考的思想與信念是靠不住的，最終獲勝的是心心念念的懷鄉之情。

那時，我對故鄉不感興趣，但也不太相信腦袋思考的事了。或許也是因為我沒有那個腦袋去思考，所以乾脆放棄了。我以野蠻人長大成人，或許也會以野蠻人死去吧。

然後歲月如梭，當時淀號劫機事件[29]的人也回來了。故鄉與日本不是在腦袋裡，而是流在細胞裡的血液，難以抗拒。

和淀號劫機事件相比，妹婿史恩．康納萊那種不顧形象，直接表達出對故鄉的感情，是何等幸福啊。「追過兔子的那座山」，但妹婿的兔子「不是我的兔子」，是「別人的兔子」。

故鄉不盡然是「追過兔子的那座山，釣過鯽魚的那條河」。我聽過一

29．一九七〇年三月三十一日，日本共產主義者同盟赤軍派所策劃的劫機事件。遭劫機的是日本航空由東京飛往福岡的351號班機，機型為波音727-89，名稱為淀號，為日本第一起劫機事件，劫匪於後四天流亡北韓。

個三十多歲的男人說：「我的遊樂場是新宿副都心的大廈。」他熟悉那些大廈群裡的手扶梯和電梯，在璀璨耀眼的摩天大廈裡玩捉迷藏。

傍晚時分，我仰望暮色將至的茜紅色新宿天空，看到矗立在那裡的高樓大廈，不禁心頭一緊，覺得太酷了。

開車載年輕朋友上街時，聽到他說：「哦，這裡是我的故鄉！哦，青蛙公園，好懷念啊。」我也嚇了一跳。也有人的故鄉是集合住宅。

「轉角那邊有一所小學，開學典禮那天，有五、六瓣櫻花黏在我的書包上，那裡的櫻樹是我的櫻樹喔！」聽得我目瞪口呆。

不知為何，阿誠曾被父母斷絕關係，很長的時間沒有回北輕井澤。

阿誠說那段歲月，淺間山一直穩穩座落在他心裡。「我知道淺間山已經成為我的心靈寄託。只要淺間山還在，我就不會動搖。」

宛如浮萍的我聽到這番話，羨慕得不得了。明明不知道那是如何屹立不搖的東西，我卻對自己的人格也有了自信。

可是毋庸置疑，我是日本人。比方說第一次造訪的山，或第一次來到的田地，到了黃昏，聽到不曉得哪處寺廟傳來的鐘聲，也會令我神往不已。明明是第一次來的地方，卻彷彿幾千年前就在這裡，整顆心就這樣被揪住，覺得好懷念好懷念。這讓我深切感受到，在很久很久以前，千年以前，我也是日本人。

有一次，我問一個跟我在一起的人：「你不覺得很懷念嗎？」他回答：「不會啊，我完全沒感覺。」為什麼呢？我氣壞了，在心裡碎念：「你這樣也算日本人嗎？」於是我接著問：「你死在外國也無所謂嗎？」他回答：「無所謂。」我不想跟這種人當朋友，後來就沒跟他來往了。

17。謎樣人物「林先生」

「你家有沒有放了很久沒吃的高麗人蔘？」「我家沒有這種東西，倒是有人送我磨成粉的，不過我扔掉了。」「不是啦，我是在說像滿是皺紋的老爺爺張開屁股，還長毛的那種。」

很久以前，有個韓國朋友送我高麗人蔘。據說是很高檔的人蔘，可我認為那種東西是男人吃的壯陽物，放了好幾年沒去管它。後來看了食譜，發現裡面有一道「蔘雞湯」，把整隻雞拿去熬人蔘煮出來的湯。雞的肚子裡還塞了糯米，要熬好幾個小時。

我試做了一下，真是人間美味，身體暖烘烘的，感覺有什麼「藥效」。聽說感冒的時候吃也很棒。我並沒有感冒，卻一直煮蔘雞湯來吃，高麗人蔘被我用光了，但我也忘了這件事。

直到有一天，我突然又很想吃蔘雞湯，可是家裡沒有高麗人蔘了，因此我想說每戶人家都有沒用到的高麗人蔘吧，就跑去佐藤家問。

那時佐藤家剛好來了一位謎樣人物「林先生」。佐藤很特別，跟誰都能熟起來。男人啊，老後的幸福跟金錢地位容貌無關，只在於有沒有朋友喔。佐藤在評價一個人的時候是純淨的，也不會做多餘的指涉。

那天，臉頰紅潤、泛著光澤，白髮整齊旁分，舉止優雅的紳士也出現在佐藤家。我常見到這號人物，可是他總穿著非常醒目的黑白毛衣，上面有著大地因日照而龜裂般的圖樣。

我問麻里：「這個人只有一件毛衣嗎？」「不是喔，第一次見面的時候，我說他穿的這件毛衣很好看，後來他就一直穿同樣的毛衣來。這個年紀穿這種毛衣還很好看的，只有林先生喔。」黑白毛衣，幾乎等同林先生的皮膚了。

聽說林先生很有錢，而且很有閒，身體很健康，還會開著小發財車到處跑。

「那個人是何方神聖？」我這麼一問，佐藤只回答：「他是個謎樣人物喔。」有一次，這位謎樣人物說：「年輕的時候，我是湘南男孩，駕著遊艇馳騁在海上，比裕次郎更早喔[30]。」看來他的階級和成長環境都和我們不同。「咦？遊艇啊？我還是搭貨輪回來的遣返者呢。」我這麼一說，謎樣人物說：「哎呀，妳是在開玩笑吧。」我非常驚訝，因為我第一次碰到說遣返者「開玩笑」的人。我愣住，望著林先生的臉。

此外，這號謎樣人物也是個廚藝高手，有一次他請佐藤夫妻和我去他家吃飯，端上桌的竟是罕見的蔘雞湯，而且那個擺設簡直像一流料亭，還有那個蔥切得超細，我根本切不出來。喝酒用的酒杯還先冰在冰箱裡，拿出來的時候霧霧的。

要是有人叫我這樣款待他，我大概會臥病不起吧。庭院裡還有很多照路的腳燈，聽說一個要十五萬圓，而且都是他親自裝的，看來他對機械也很內行。他在田園調布和大森都有房子，沒人知道他是何方神聖。

「妳要高麗人蔘做什麼？」麻里問，於是我跟她說蔘雞湯有多好吃又多好吃。這時謎樣人物說：「好想讓妳請吃蔘雞湯啊。」可是我沒有高麗人蔘呀，我也不想拿幾萬塊去買。隔天一早，電話響了。一大早的電話，該不會是有人死了吧？我嚇得連忙接起。「哦，關於高麗人蔘的事，我去了中華料理店〇〇，結果老闆娘生病，他們昨天沒開。」你是要嚇死我嗎？不用做到這種地步啦。翌日又打電話來：「我去了中藥行，有放在玻璃瓶裡的喔，但老闆說那是非賣品。」太誇張了，北輕井澤有中藥房嗎？

然後另一天，他又打電話來：「後來我上網查了一下，」光是聽到老

30・石原裕次郎（一九三四～一九八七），日本藝人，熱愛遊艇活動。

人家會上網，我就驚呆了。「結果有耶，有個高麗人蔘農家在賣。」咦？日本也有種高麗人蔘？「地點在望月。」望月算滿近的，開車一小時就到。我對著電話深深一鞠躬。「我去買吧。」怎、怎麼這樣。看來他是真的開著小發財車到處跑。我婉謝後，只問了電話號碼。林先生真是個謎樣人物。

我打電話給種高麗人蔘的農家，對方大叔說得斬釘截鐵：「我們不賣個人喔。」那聲音像低沉得像是從地面爬上來的。

「如果我買很多，可以賣給我嗎？」「哦，也不是不能賣啦。」「最少要買多少呢？」「這個嘛，一公斤的話倒是可以賣。」一公斤！那麼輕的東西，買一公斤有多少啊！農家大叔又說：「很貴喔，畢竟至少要種五年才能賣。高麗人蔘真的只能慢慢種，跟牛蒡不一樣。妳是要做什麼用的？」「做菜用的。」「哦。」「能不能賣五百公克給我？」「嗯……五百公克啊。這位太太，妳住在哪裡？」「北輕井澤。」「啊！北輕井澤，我有去過喔，那裡有一家叫土屋的米店吧。」「有有有。」「那我就跑一趟吧。等等，太太，可以請妳老公來載嗎？」「我沒有老公……」「啊？妳一個人？」「對啊。」「沒有老公啊？這樣啊。」

我不知為何慌張起來。「有有有！以前有過喔！而且有過兩個！」「啥？兩個？咦？兩個老公！」…………陷入詭異的沉默。

「妳是做什麼的？」大叔重新打起精神。「我是畫畫的。」「啊？畫畫？哦，妳是畫畫的啊，這麼說是畫家嘍。」我還不到被稱為畫家的程度，一時不知如何回答。話說，高麗人蔘農家還真閒啊。他是想把我一輩子的事都問完嗎？

「能不能請你用宅配寄五百公克給我？」「也是可以啦。我現在傳真給妳，妳有傳真機嗎？」「有有有。」「我把地址傳真給妳，妳去郵局用現金袋掛號寄給我，我收到立刻寄人蔘給妳。沒收到錢，我也不能寄人蔘給妳吧。」當然當然，您說得是。「價錢我也會寫在傳真裡。」是是是。

傳真馬上就收到了。我立刻去郵局寄錢。至於價錢，看似便宜可是也很貴。心情則是很滿足，很安心，很高興，可是也覺得差強人意。

過沒多久，我收到一個像糕餅盒子般的宅配。包裝紙皺巴巴的，讓我感受到以前日本的美好時代，農家都非常惜物。打開一看，真的出現一個很舊的紅色糕餅盒。感覺不錯。裡面還放了一封信，用毛筆寫著「高麗人蔘」。除了很多乾燥的高麗人蔘之外，也有今年新採的人蔘，用來炸天婦羅很好吃。此外還有人蔘的鬚根，這是最有藥效的部分。鬚根和新人蔘是附送的。八千九百圓。有了這麼多高麗人蔘，我可以煮好幾年蔘雞湯吧。

雖然沒見過面，但高麗人蔘農家非常和善。我立刻下山去買整隻雞，卻只有大到不像話的雞。我把家裡最大的、大到像水桶的鍋子放在爐子上，認真添加柴火。家中逐漸瀰漫大蒜和雞肉香，以及有點苦味的高麗人蔘香氣。就這樣熬了兩天，稍微多放了一點米的蔘雞湯完成了。這隻雞實在太大了，簡直像在煮相撲力士小錦。

不過味道真的棒透了。我連同鍋子整鍋搬上車，載去佐藤家。當然也請謎樣人物林先生來了。大家首先讚嘆這個大鍋。打開鍋蓋後，明明沒有雞頭了，那隻雞還是向上仰著，白濁的湯浮現些許米粒。

大夥兒都看得出神。

「這個啊，這個只要用筷子就能把肉撥開，挖出肚子裡的米一起吃。而且裡面有很多湯喔。」我說得興高采烈，聲音也高了八度。

「哦～」林先生發出低沉的聲音。

「咦？」麻里的聲音感覺有點毛骨悚然。

「吃吧，吃吧。」佐藤不知為何，有種豁出去的感覺。

我吃了一口，肚子裡大滿足「果然很好吃啊」。我沒說出聲，在心裡低吟：「……怎麼樣，很好吃吧……」可是大夥兒只是默默喝湯，挖肉吃。一片寂靜，大夥兒在大鍋前默默不語。好像打算就這樣沉默下去。

麻里終於開口說：「這個……這原本應該是什麼味道？」「就是這種味道呀。」我沮喪透了。佐藤說：「因為沒吃過，所以不知道好不好吃。」謎樣人物林先生只是一味笑著：「呵呵，呵呵，呵呵……」

接下來我連續三天，都吃大鍋裡的粥。每次吃都覺得棒極了。後來謎樣人物說：「我那天剛好感冒，結果好了喔。」真的假的？「那個好像有通便效果，我大得好順哦。」咦，太好了。但是，沒有人說想再吃。可是這鍋蔘雞湯粥，真的越放越好吃。

我決定每天早餐都吃這種粥。這個粥會這麼好吃，在於湯頭好。但我覺得沒必要用整隻雞下去煮，只要用雞骨就行。剛好附近有一間養雞場，他們也有賣土雞蛋。雞肉太硬吃不下去，不過雞骨可以熬出很棒的湯吧。於是我買了一袋雞骨，一百圓。居然只要一百圓，超便宜，好開心。

回家打開塑膠袋，拿出雞骨，放在水龍頭下清洗。我原本以為只有一付雞骨，想不到裡面居然放了三付。已經變成骨頭了，三隻雞還是緊緊抱在一起。我看了感動得要命。死了剩下骨頭，依然緊緊抱在一起。緊抱的程度，讓人以為只有一隻雞。

之後我每天早上都吃高麗人蔘粥。沒跟別人說，也沒請別人吃，就這樣吃著微苦的粥。我把熬好的湯，分成一小份一小份，冰在冷凍庫。

對了，去年秋天，林先生還帶我去種蘋果的農家。果農夫妻正在摘蘋果。我生平第一次看到還長在樹上，紅通通閃亮亮的蘋果。樹枝並不是很粗，卻吊著沉甸甸的蘋果。不夠大的蘋果很便宜，我買了一堆剛摘不到五分鐘的蘋果，分送給朋友。林先生和果農似乎是長年的知己。我問麻里：「這個果農是林先生的親戚或什麼嗎？」「不是，聽說只是以前剛好路過認識的。」

感謝謎樣人物林先生；感謝不曉得在哪裡認識林先生的佐藤夫妻，介紹這號謎樣人物給我認識；感謝沒見過面的高麗人蔘農家主人；也感謝還可以下廚做菜，而且覺得好吃的自己。明明很好吃。

18。用錢買

我不在家時，宅配來了，留下一張「再投通知單」，上面寫著生鮮食品和寄件人姓名。啊，是住在山陰的那個人，今年也寄海鮮給我。除了魚，還會放很多花枝和貝類，去年我也一個人吃不完。對方每年都寄來。

那天，我和佐藤夫妻要去有點遠的美術館，於是我在厚紙板的盒子上寫著：「給宅配員，印章在盒子裡，請把包裹放著即可。」便出門了。

我若出門，通常一整天都在工作，吃過晚餐才會回來。當天決定要在哪裡吃晚餐是個大工程，也是很享受的事。不過這天我見到佐藤夫妻便說：「今天我家會有魚，應該可以吃到生魚片，晚飯來我家吃吧。」「可是去洋子家的話，跟我們回家的路不順道哪。」「沒關係啦，稍微繞點遠路，我也想吃魚。」麻里也這麼說。不料回程卻迷路了，肚子越來越餓，可是大家都忍著。即便天色全暗了，大家也很忍耐。我猜佐藤心裡八成在嘀咕，我不管什麼魚了，只要吃拉麵就好。可是他依舊忍著沒說出口。

終於到家，看到玄關放著一個白色箱子。「看吧，魚來了，魚來了。」我興高采烈把箱子搬進家裡，開燈一看，整個人呆住了。這時麻里也跟在我後面進來，興致勃勃地說：「可以吃飯了，可以吃飯了。」

「這不是魚，是梨子。」我忘不了佐藤聽到我說這句話時的表情。他整個人向前彎，彎到身體都快對折了，以沙啞的聲音說：「啊？啊？啊？搞什麼呀！」我沒碰過這麼困擾的事。都怪我妄下判斷，連累了別人，羞得無地自容。「梨子沒辦法當飯的配菜哪～」結果那天在哪裡吃晚餐，我已經忘了。可是我惱羞成怒，把氣出在送東西的人身上：「你不要送到一半突然送別的啦！」

不過那梨子真的很棒。我把好幾個梨子裝進袋子，讓麻里拿回家，可是還剩很多。於是第二天，我又把好幾個梨子裝進袋子，拿去荒井家。

別人送我東西，我都會分送給荒井家。

有一天荒井先生打電話來：「夏櫨[31]的果實，已經可以摘了喔。」夏櫨的果實很像藍莓，可是比藍莓更高級更好吃，也不是到處都有。要是做成果醬，我誰都不送。荒井家的工作小屋前有三棵夏櫨樹，結著閃閃發亮的黑色果實，葉子都變紅了。

荒井太太說：「這是佐野專用的樹喔。」我好得意好得意，一臉神氣活現，摘下果實。

有一天，我請荒井夫妻吃晚飯，雖然端出的菜色不到款待的地步，也想聊表謝意，感謝他們平日對我的照顧。那時我一個朋友也在。荒井先生帶了很多香菇來送我，有沒看過的紅香菇，也有像白雪公主的圓圓大香菇，也有純白的香菇。這是荒井先生工作結束後，特別去山裡採給我的。荒井先生是採菇名人，還曾上過電視。

採菇對外行人來說非常危險，有人因為吃了菇類就死了，也有人吃壞

31・又名腺齒越桔，屬杜鵑花科。

肚子跑醫院。這個村子濕氣很重，所以菇類特別多，但我絕對不會去採。「這個用奶油炒一炒很好吃喔。」荒井先生這麼說，我便用奶油炒給大家吃。顏色和形狀都很美，又新鮮，真的很好吃。隔天，我把剩下的拿來做歐姆蛋，結果更好吃。

朋友在睡前說：「伴手禮的日文漢字寫成土產，就是這個意思吧。」我聽了感觸很深，細細在心裡描繪「土產」這兩個字。我們帶土產去送人的時候，通常是用錢買的，而且認為理所當然。「這樣啊。」「原來是這樣的。」

我寄了馬鈴薯，當作梨子的回禮。雖然馬鈴薯也是土地的產物，但我是用錢買的。我收的東西，我送的東西，都是用錢買的。為了得到錢，我耗費了我的一生。

幾乎每個人，尤其在都市生活更是如此。即使住在這個村子的我，也只能靠金錢生活。

我家有電視，每天都看。電視上面有地球儀，這個地球儀成了帽架，上面戴著帽子。後面有灰泥牆。有天花板。還有好多好多東西圍繞著我。這些都是花錢買的。說不定連呼吸也在花錢吧。以食物延續生命，但連水也不是免費的。即便開車去荒井家，也得消耗石油。這一切都理所當然，卻也令我驚愕不已。我居然能活到現在。簡直像在山巔，以單腳蹦蹦跳跳活了下來，實在太驚悚了。

荒井太太曾說，怕有什麼萬一，務農還是比較安心。為了換取這份安心，必須勤奮勞動，還得跟嚴苛的大自然奮戰。和他們辛勤勞動相比，我總認為我的工作像是在玩。

有一次，當荒井先生說：「當農夫很艱難啊。我當了五十年農夫，也只能有五十次經驗。譬如種番茄，也只能有五十次種番茄的經驗。」這番話給我很大的震撼。

我畫失敗了，可以立刻重畫，就這樣胡亂畫了幾千張。而且這個世界就算沒了我的畫，也不會有人感到困擾。這種人生實在很危險，但我一直認為理所當然，而且今後也只能這樣活下去，別無他法。

除夕傍晚，我在大雪中開車，為了去拿剛磨、剛切、剛煮好的跨年蕎麥麵。年底的二十九日，我去看搗麻糬，配蘿蔔泥吃剛搗好的麻糬，荒井家甚至送我切塊的扁長形年糕。

我真是滿面春風，得意洋洋，開心得想鼓起鼻孔向全世界炫耀，怎麼樣？怎麼樣？很羨慕吧。我家也有別人送我的高檔魚板，想說趕快拿去分送給別人吧，但這畢竟是用錢買的東西，總覺得格調有點低。越貴的東西，越讓人覺得膚淺。

可是這也沒辦法呀。沒辦法吧。

我就這樣過了五年。

就算未來能長命百歲住在這裡，我畢竟不是屬於土地的人，也無法成為土地的人。既然如此就繼續當都市佬，隨心所欲活下去吧。

我打從出生就像浮萍，四處飄盪住過許多地方，沒有在任何地方紮根。而都市正是這樣的人聚集生活之處，我的人生也幾乎在都市度過。

剛才荒井先生也打電話來：「來摘蔬菜吧。」我聽了大喜，從田裡摘了很多番茄、青椒和扁豆，煮了烏龍麵和蔬菜天婦羅當午餐。超好吃！

怎麼樣？你有什麼不爽嗎？是神明安排我認識荒井夫妻的喲，是神明偏心照顧我的喲。你不爽也沒有用啦。

可是，我不知道該如何報答這份恩寵。神明啊，謝謝祢的眷顧。

麻里打電話來。

「爺爺寄來洋子很喜歡的德島茶喔。要不要來拿？」「要要要！」去了之後，麻里說：「我原本以為是茶，結果是煎餅啊。」

然後我一定又會把一半的煎餅，拿去送荒井家吧。

代後記

迎接花甲之年時，我茫然不知所措。我的朋友大多六十歲，也有一些比較年輕的朋友來祝壽。即使是六十歲的老太婆也玩得很瘋。一票花甲之年的老頭子和老太婆排排坐，有人穿著鮮紅罩衫，有人特地新買了鮮紅背心，甚至有人還穿著鮮紅和服來，把氣氛炒得很熱。大夥兒還一起送我一只鮮紅的 Swatch 手錶，把我樂翻了。

一位看起來像華僑之妻，穿著鮮紅和服，頗具威嚴的女人說：「到了六十歲很高興吧？總覺得一切都能自由自在的時候終於來了。我覺得未來璀璨耀眼，閃閃發亮呢。」聽到這番話，我卻愣住了。因為對我而言，六十歲是人生的盡頭終於來了。我只覺得登上了人生最頂點的山巔，接下來不是滾落山崖，就是站著面對死亡之谷。

我知道積極進取和自憐衰老的不同之處，在於反省與自制，可是我內心深處非常頑固，像個終究要滾落的石頭，卻抵死不動。

宛如華僑之妻的朋友，讓我想起岡本加乃子[32]談到年老時說「歲歲麗華益晚香，愈發感受到生命的魅力」。而田中澄江[33]也曾寫道：「無論在體力或精神上，六十多歲是自己人生的旺盛時期。」我看了大吃一驚。鶴見和子[34]在動了重度腦梗塞手術之後，簡直像創作力大爆發，寫了很多短歌，這也嚇得我倒抽一口氣。這些人是特別的傑出人物。

我已經想結束人生，想蹣跚走完最後一段。多數的人都不是天才，也不是傑出人物。

我覺得自己的體力和精神都逐漸衰退了。然而也有和我同齡的朋友，拉起裙襬轉圈圈大聲疾呼：「到死都要現役！」另一個看似只有五十歲的人則大吼：「我已經活夠了！」

我很難找到繼續活下去的意義。自從孩子長大成人，我已經沒有未完

32・岡本加乃子（一八八九～一九三九），昭和時期的小説家、詩人。文風耽美妖豔，代表作《老妓抄》。

33・田中澄江（一九〇八～二〇〇〇），作家。創作豐富，包括劇本、小説、隨筆，代表作《花之百名山》。

34・鶴見和子（一九一八～二〇〇六），社會學者。曾與弟弟鶴見俊輔、政治學家丸山真男等人組成「思想之科學研究會」，著述豐富。七十七歲時進行腦梗塞手術。

的使命。我只是毫無目標，轉來轉去，儘管如此，我每天都好好活著，確實吃飯，大便，睡覺。雖然過得毫無目標，但我常開懷大笑，比起仰望天空，我更常俯瞰地面，出門尋找象徵春天預兆的蜂斗菜就讓我感動得要命，小偷般採集蜂斗菜回來做佃煮，配著熱騰騰的白飯吃，不禁出聲喊：「讚！」我也常蹲在地上看不知名的小白花，一蹲就蹲很久。

這種時候，我深深感到幸福，覺得這種幸福是有生以來第一次，覺得今天不死也沒關係。即使沒有意義地活著，人也很幸福。真是可喜可賀，可喜可賀，不禁嘿嘿嘿地傻笑。生命都已逐漸消殞，還這樣嘿嘿嘿地傻笑，有時也會令我心頭一驚，但臉上依然在傻笑。

至於工作，我根本不想做。雖然也會擔心沒錢怎麼辦，活到九十歲怎麼辦，癡呆失智了怎麼辦，宛如被推進黑暗深淵。儘管一次次被推進黑暗深淵，這也不是想了就有辦法的事。拚了老命擔心也無法保證不會失智；萬一活到一百零二歲，我也無法阻止；但運氣好的話，說不定心臟病發作突然就走了。可是，這都是超越人的力量之事。

我在群馬縣的山中，住了五年左右。到了冬天，村裡只有我一個人。到了夜晚，簡直像活在墨水瓶裡那麼漆黑。只要下大雪，我的車子就出不了車庫。我在這裡生活，沒有特別需要什麼。雖然也可以回東京，但我卻毫無理由在這裡過日子。我常想，為什麼我會待在這裡呢？

我做了一個夢。

桌上擺了很多開著白花的夏椿枝。很多人在走動。夏椿枝的前方，有女人走來走去，那裡好像是廚房。紅碗裡裝著清湯。紅碗有很多很多，毫無止境般排了一大堆。我的工作是把清湯的料，放進每一個碗裡。清湯的料是夏椿花。我從樹枝摘下花朵，讓每一朵花浮在紅碗裡。我專心摘花放進去，摘花又放進去。慢慢地我慌亂起來，越摘越慌。突然我掉進河裡，四周浮著白色的夏椿花。

我也不知道有沒有在游泳，只顧著在水中啪啪啪地拍動四肢，結果竟然出現一條條靛藍的流水。靛藍的染料球隨著河水流動，以染料球為中心，出現由深藍轉淺藍的漸層水紋。

染料球不斷不斷地流出來。

河面逐漸佈滿藍色水紋，夏椿花完全消失了。

水溫不冷不熱，藍色水紋宛如緞帶般，流暢地經過我的身旁。這是何等令人驚艷的事，我居然漂浮在如此美麗的水裡，我是個有福報的人啊。我在夢裡思索，這不是真的，一定在做夢吧。接著我撞到了木棧橋，爬上去一看，這座泛著新木香氣的細長棧橋，筆直伸入水中。我站在細長的棧橋上。我清爽帥氣地站著。定睛一看，棧橋兩側插滿帶有樹枝的白色夏椿花。這是夏椿花的花道。

棧橋的盡頭有一座小小的宮殿，入口處有個拱門，拱門的邊緣插滿了白色夏椿花。啊，這樣啊，原來這是死亡的入口。咦？死亡的入口這麼漂亮啊？原來死掉是這麼舒服又美麗的事啊？懂了！想到這裡，我醒了。

雖然醒了，夢中「懂了！」的心情依然沒有褪去。我起身打開靠近床頭的紙拉門，最靠近的一棵樹只開了一朵白花，是夏椿花。真實的夏椿花。咦？不會吧？不會吧？難道我已經死了？居然連真實的夏椿花都開了？好吧！我覺得很舒服。這樣很好啊。

可是，我完全沒死。還是每天吃飯，大便，睡覺。去荒井家摘蔬菜，去衿子家吃晚餐，和佐藤夫妻去佐九的JUSCO逛百圓商店，去探望失智的母親，和妹妹吵架，看電視火冒三丈。每當心裡不爽，我就知道我的脾氣越來越差。老人可能像十四歲的少年一樣難搞吧。不爽的濃度越來越高，難道只有我嗎？獨自生活的我，經常一回神就發現自己在生氣。憂心忡忡打電話給朋友，朋友說：「這是理所當然的吧。獨自一人還傻笑才令人毛骨悚然。一個人的時候，心情不可能會好啦。」原來如此，一個人的時候心情不好是常態啊？可是我也隱隱察覺到，我是故意挑會這樣回答，而且難以取悅的朋友打電話給他。

我就這樣不爽地迎接了六十五歲。

解說　洋子與麻將牌

長嶋康郎

清晨醒來，發現自己猶如床單黏著床鋪般仰躺在床，覺得自己薄薄的胸部冷得像大瓶子底部，有個非常寂寞的東西躺在裡面。

帶著些許膨脹，猶如銀河的寂寞賴著不走，使我動彈不得。必須處理的事、約定與工作、安排好的事、公所的手續、還有許多姑且將就的事，不僅如此，連自甘墮落耽溺玩樂的力氣與任性而為的生活，一切的一切，連自己的樂趣與慾望，甚至是感動的心，在這無垠的寂寞面前，都徹底變得無力。

（只有這天早晨特別感傷）

從初次見到佐野洋子到能跟她聊天，大概花了十年。那些年，我不顧自己的未來也不管周遭的看法，任性擺攤做生意，也曾在每年避暑的群馬山村附近擺過二手攤，那時住在同一個村子的洋子來買過幾次。

過了幾年，在群馬山村的惠理子家，惠理子把我介紹給洋子認識時，洋子不是點頭致意，而是像折脖子般行禮，很客氣地跟我打招呼，然後就像畫家的模特兒，一直靜坐不動。

「因為佐野小姐很怕生。」

惠理子為了把我介紹給洋子，花了很多工夫揣摩時機，謹慎得猶如要餵食西表山貓[35]。

我的孩提時代，沒什麼繪本作家，所以也不知道繪本這種讀物（大人也不會買繪本給小孩），因此錯失了讀佐野洋子繪本的機會。但**不知為何，總覺得很熟**。就是看起來壞心眼、鬧彆扭、哀傷、固執，卻又對人很好，但眼神裡流露出不倚賴別人的決心。這種角色，我只要看過一次就忘不了。可是生怕自己被看透，反而不會傻傻地翻開這種書，就這樣一直不敢接觸。

有一天，大概是滿月吧，就像小孩突然會說話，我和洋子忽然熟了起來。

「喂喂喂，我跟你說～」

那時正我在山中亂七八糟的房子裡，坐在萬年暖爐桌旁（明明是夏天）和兒子在吃拉麵，洋子來了。她逕自穿過待客的餐廳，和我們窩在暖爐桌，以鼻子塞著棉花般的聲音說「我跟你說～」就這樣聊了起來。

後來在東京，她會找我去打麻將。打麻將時，比起輸贏，洋子更在意牌型；比起高明，更在意手腳乾淨；如何從拿到的牌，打出一副漂亮的牌。輪到我的時候，我用力說：

「來吧！」

結果她說：

「了不起！」

35・棲息於沖繩西表島的山貓，與台灣石虎皆為豹貓屬，已列為瀕臨絕種動物。

就把我的牌吃了。陸續被吃掉的牌，在別人手裡傳來傳去（若不這樣會變成詐賭），隨隨便便就積排起來，但這些牌卻抱著惶恐的心情，將自己的命運託付在別人手上（但願自己也能像他人精心留下的和服、花卉或生物，經由乾淨的手展現出自己的美麗）。

牌友裡，有個很敢對洋子嗆聲的人，名叫武右衛門。有一次他察覺不對勁，對洋子說：

「喂！洋子，那是什麼？妳在搞什麼！」

定睛一看，只見洋子左手握拳，若無其事放在綠色麻將桌上，拳頭都握到發白了。

「妳手裡藏著什麼？拿出來看！」

「唧～」

「妳少在那邊跟我裝蒜，把手張開！」

「唔～」

洋子忍耐了一會兒，終於徐徐張開左拳，出現了一張麻將牌。

打麻將時，若自己的牌數多一張，通常稱為「多牌」，這時會取消牌局，犯規者要罰錢。但若不是蓄意作弊，只是莫名其妙多一張或少一張也是常有的事。這種情況很難在打的時候說出來，可是終究必須自己申告。若想像魔術師一樣，在打的過程中讓這張多出來的牌不見是不可能的，所以到頭來還是得自己招認。可是洋子竟在眾目睽睽之下，大膽把牌藏在手裡，搞得那隻手無法自然動作，只能不自然握拳放在桌上。緊握到拳頭都發白了。

洋子像尿褲子的小孩一直「唧～」。

「搞什麼嘛！妳的手都發白了喔！」武右衛門的吐槽往洋子笨拙的藏牌發展而去。

「這樣就想呼攏過去也太天真了吧。」大夥兒一邊說著，結果也忘了要對洋子罰錢，反倒莫名佩服起來，就這樣重新洗牌。洋子沒有一句「可是」也沒有任何辯解，就這樣默默不語。（然而實際上，就算小孩也會做這種「真正小孩」的事嗎？）

過了一陣子，她又找我去打麻將。有個牌友說：

「佐野小姐，妳最近很強喔。」

「最近是什麼意思？」佐野如此笑說。

過程中，她不會胡牌，也不會鬼叫「可惜」就和牌了，打法也相當乾淨俐落。武右衛門詫異地問：「妳是怎麼啦？」

「因為我懂了。」

洋子像在發表什麼似地，說完便閉嘴了。大家停頓了片刻才問：

「懂了什麼？」

三個麻將牌友異口同聲。

「……不告訴你們。」

洋子說得斬釘截鐵。

但其實她自己或許也不知道吧。可能是做了身體（心）知道的事，無法用語言向人說明，只是這樣而已。如果只做身體（心）知道的事，一定毫無所懼。

只要讀過洋子文章的人都知道，關於確實的事，她不會多做說明，不管上下左右前後，她都只是如實傳達出那份真實。將自己置身於真實，如實描繪出樣貌，宛如脫皮前，實際上很難看到的「真正小孩」（洋子不會用這種形容）樣貌。

冷若瓶底那天的夜晚，我躺在同一張床上想起洋子發白的拳頭。其實最困擾的是，被滑稽孤獨緊握在拳頭裡的那張牌吧。因為這張牌也受到不能讓人知道的**牽連**。想到這裡，我忽然覺得委身於冰冷銀河般的寂寞也無妨，結果寂寞反而一掃而空，安心了。

就這樣，在這個夜晚，無法徹底成為大人，也無法成為真正的小孩，老是磨磨蹭蹭的我，自我本位地祈願，希望洋子能一直和我當朋友，讓我能稍微接近她的心境。

（「笑笑堂」店主）

沒有神也沒有佛——佐野洋子的老後宣言
神も仏もありませぬ

作者、內頁插圖：佐野洋子
譯　　者：陳系美
副 社 長：陳瀅如
總 編 輯：戴偉傑
責任編輯：張瑜珊
封面暨內頁設計：萬亞雰
出　　版：木馬文化事業股份有限公司
發　　行：遠足文化事業股份有限公司（讀書共和國出版集團）
地　　址：231 新北市新店區民權路 108-4 號 8 樓
電　　話：（02）2218-1417
傳　　真：（02）2218-0727
電子信箱：service@bookrep.com.tw
郵撥帳號：19588272 木馬文化事業股份有限公司
客服專線：0800-221-029
法律顧問：華洋法律事務所 蘇文生律師
內頁排版：中原造像股份有限公司
印　　刷：中原造像股份有限公司
木馬臉書粉絲團：http://www.facebook.com/ecusbook

初版九刷：2024 年 1 月
定　　價：300 元
ISBN：978-986-359-370-6

特別聲明：有關本書中的言論內容，不代表本公司／出版集團之立場與意見，
文責由作者自行承擔
版權所有・翻印必究 缺頁或破損請寄回更換
歡迎團體訂購，另有優惠，請洽業務部（02）22181417 分機 1124
KAMI MO HOTOKE MO ARIMASENU by Yoko Sano
Copyright ©JIROCHO, Inc.2008
All rights reserved.
Original Japanese edition published by Chikumashobo Ltd., Tokyo.
This Complex Chinese edition is published by arrangement with Chikumashoho Ltd., Tokyo in care of Tuttle-Mori Agency, Inc., Tokyo through Future View Technology Ltd., Taipei.
Complex Chinese translation copyright ©2017 by Ecus Publishing House

國家圖書館出版品預行編目 (CIP) 資料

沒有神也沒有佛 / 佐野洋子著；陳系美譯 .— 初版 .— 新北市：木馬文化出版：遠足文化發行，2017.04
面； 公分
譯自：神も仏もありませぬ
ISBN 978-986-359-370-6 (平裝)

861.67 106001116

線上讀者資料回函
請給我們寶貴的意見！